COLLECTION FOLIO

Bruno Schulz

Le printemps

Traduit du polonais
par Thérèse Douchy

Denoël

Cette nouvelle est extraite du *Sanatorium au croque-mort* (L'Imaginaire n° 437).

Troisième enfant d'un drapier israélite, Bruno Schulz naît en 1892 à Drohobycz. Sa ville natale, petite bourgade de Galicie à l'est de l'Empire austo-hongrois, est rattachée à la Pologne à la suite des bouleversements de la Première Guerre mondiale. Trop jeune pour s'engager lors du conflit, il apprend néanmoins la peur et la souffrance. Après des études d'architecture et de peinture à Vienne, il revient à Drohobycz enseigner le dessin ; il ne quittera plus guère sa ville qui deviendra le décor de la plupart de ses textes. Il commence à écrire par hasard, en correspondant avec des amis à qui il raconte sa famille, ses concitoyens, tous les petits événements qui rythment son quotidien solitaire. Peu à peu, ces lettres deviennent des récits et donnent naissance aux recueils *Les boutiques de cannelle* en 1934 et *Le sanatorium au croque-mort* en 1937. Empreints de rêve, parfois de fantastique, ces textes puisent leur inspiration dans les souvenirs d'enfance et expriment une profonde angoisse tout en décrivant avec amertume le monde moderne, à la fois pathétique et grotesque. Bien que ces textes ne rencontrent pas de succès en librairie, ils lui permettent de se faire remarquer par l'intelligentsia et par les écrivains polonais qui saluent son génie, son originalité et son talent. En 1936, il traduit *Le Procès* de Franz Kafka et contribue ainsi à faire connaître l'écrivain praguois dans son pays. Il illustre de ses dessins la première édition de *Ferdydurke* de son contemporain Witold Gombrowicz ainsi que ses propres œuvres. Enfermé en 1941 dans le ghetto de Drohobycz lors de l'avancée allemande, il commence un roman qu'il n'achèvera malheureusement pas : un SS l'abat d'une balle dans la nuque le 19 novembre 1942 et le manuscrit disparaît dans les ruines du ghetto.

Malgré une œuvre littéraire restreinte, Bruno Schulz est considéré comme l'un des plus grands écrivains polonais du XXe siècle et influence tous les domaines artistiques. L'écrivain Isaac B. Singer disait de lui : « Parfois il écrivait comme Kafka, parfois comme Proust, et il a fini par atteindre des profondeurs auxquelles ni l'un ni l'autre n'avaient accédé. »

Découvrez, lisez ou relisez les livres de Bruno Schulz :

LES BOUTIQUES DE CANNELLE (L'Imaginaire n° 509)

LE SANATORIUM AU CROQUE-MORT (L'Imaginaire n° 437)

I

Voici l'histoire d'un printemps qui fut plus vrai, plus éblouissant et plus violent que les autres, qui avait tout simplement pris au sérieux, à la lettre, son texte, ce manifeste inspiré, écrit avec un rouge de fête, le plus clair, celui de la laque à cacheter et du calendrier, du crayon de couleur et de l'enthousiasme, amarante des télégrammes heureux de là-bas...

Chaque printemps commence ainsi, avec ces horoscopes énormes et enivrants et qui ne sont pas à la mesure d'une seule saison ; dans chaque printemps il y a tout ceci (disons-le une bonne fois) : cortèges et manifestations interminables, révolutions et barricades ; chaque printemps est à un moment donné traversé par un vent chaud d'acharnement, une tristesse, un enchantement sans bornes qui cherche en vain son équivalent dans la réalité.

Plus tard, ces exagérations et apogées, amoncellements et extases entrent en floraison, se fondent dans l'exubérance des feuillages qui bougent dans les jardins printaniers la nuit, et le bruissement les absorbe. Ainsi les printemps se renient, plongés dans le murmure essoufflé des parcs en fleurs, dans des crues et marées ; ils oublient leurs serments, perdent une à une les pages de leur testament.

Seul ce printemps-là eut le courage de durer, de rester fidèle, de tenir toutes ses promesses. Après tant de malheureuses tentatives, envols, incantations, il voulut enfin s'établir vraiment, faire exploser à travers le monde un printemps général et définitif.

Vent, ouragan d'événements : le coup d'État réussi, journées pathétiques, splendides, triomphales ! Je voudrais que le déroulement de mon histoire saisisse leur rythme entraînant, qu'il prenne le pas et le ton héroïques de cette épopée, une Marseillaise printanière !

Insondable est l'horoscope du printemps. Celui-ci apprend à le lire de cent manières à la fois, cherche à l'aveuglette, syllabise dans tous les sens, heureux lorsqu'il réussit à déchiffrer quelque chose au milieu des supputations trompeuses des oiseaux. Il lit ce texte à l'endroit et à l'envers, perdant le sens et le retrouvant, dans toutes ses versions, en des milliers d'alternatives, de trilles et de gazouillis. Son texte est tout entier composé d'ellipses, de points de suspension tracés sur l'azur vide, et dans les creux entre les syllabes les oiseaux glissent leurs conjectures capricieuses et leurs prévisions. C'est pourquoi mon histoire, à l'exemple de ce texte, suivra plusieurs cours ramifiés et sera tissée de traits d'union, de soupirs et de phrases inachevées.

II

En ces nuits d'avant le printemps, vastes et sauvages, recouvertes d'un ciel immense, encore sévères et inodorantes, conduisant à travers les accidents du firmament vers les déserts étoilés, mon père m'emmenait dîner dans le jardin d'un petit restaurant, enfermé entre les murs aveugles des dernières maisons de la place qui lui tournaient le dos.

Nous marchions dans la lumière humide des

réverbères qui clinquaient sous les coups du vent, à travers la grande place voûtée, seuls, écrasés par l'immensité des labyrinthes célestes, égarés et désorientés dans les espaces vides de l'atmosphère. Père levait vers le ciel son visage inondé d'une faible clarté et regardait avec un chagrin amer le gravier des étoiles disséminé, les tourbillons répandus. Leurs densités irrégulières ne s'ordonnaient pas encore en constellations, aucune figure n'organisait ces étendues stériles. La tristesse des déserts étoilés pesait sur la ville, les lanternes tissaient le bas de la nuit avec des faisceaux de rayons qu'elles liaient imperturbablement, un nœud après l'autre. Sous les réverbères, les passants s'arrêtaient par deux, par trois, dans le cercle de lumière qui créait autour d'eux l'illusion éphémère de la salle à manger éclairée par sa lampe au-dessus de la table, entourés d'une nuit indifférente, inhospitalière, qui s'éparpillait par en haut, devenait un paysage céleste sauvage, effiloché par des coups de vent désolants. Les conversations languissaient ; les yeux plongés dans l'ombre des chapeaux, ils souriaient, méditatifs, en écoutant le bruissement lointain des étoiles.

Dans le jardin du restaurant les sentiers étaient gravillonnés. Deux réverbères à gaz sifflotaient sur leurs poteaux. Des messieurs en redingote noire étaient assis par deux, par trois, voûtés devant des tables recouvertes de nappes blanches, leur regard morne fixé sur les assiettes brillantes. Immobiles, ils calculaient les mouvements sur le grand échiquier noir du ciel, ils imaginaient les bonds des chevaux, les pièces perdues et les constellations qui aussitôt prenaient leur place.

Sur l'estrade, les musiciens trempaient leurs moustaches dans des bocks de bière amère, ternes et silencieux, plongés en eux-mêmes. Leurs instruments, des violons et des violoncelles aux nobles contours, gisaient abandonnés sous l'averse silencieuse des étoiles. Parfois ils les prenaient à deux mains, les essayaient, les accordaient à la note plaintive de leurs poitrines qu'ils vérifiaient en toussotant. Puis ils les déposaient, comme si les instruments n'étaient pas encore mûrs, pas à la mesure de cette nuit qui continuait de s'écouler impassible. Alors, dans la marée basse des pensées, au milieu du cliquetis léger des couverts montant des tables blanches, le violon tout seul se leva brusquement, précocement grandi, adulte ; tout à l'heure si plaintif et hésitant, il se tenait maintenant devant nous, mince, la taille pincée, et, conscient de sa mission, il reprit la cause humaine un instant différée, continua le procès perdu devant le tribunal du firmament où se dessinaient en signes d'eau les galbes et les profils des instruments, fragments de clefs, lyres et cygnes inachevés, commentaire machinal des étoiles en marge de la musique.

Monsieur le photographe, qui depuis un certain temps déjà nous jetait des regards d'intelligence, vint enfin s'asseoir à notre table en transportant son bock de bière. Il nous adressait des sourires équivoques, luttait avec ses propres pensées, claquait des doigts, perdait sans cesse le fil de la situation. Nous sentions depuis le début combien celle-ci était paradoxale. Ce campement improvisé au restaurant sous les auspices des étoiles lointaines tombait irrémédiablement en faillite, s'effondrait misérablement, ne pouvant tenir tête aux prétentions de la nuit qui croissaient démesurément. Que pouvions-nous opposer à ces déserts sans fond ? La nuit anéantissait l'entreprise humaine que le violon essayait en vain de défendre, elle occupait la place vide, disposait ses constellations sur les positions reconquises.

Nous voyions le campement des tables en déroute, le champ de bataille des serviettes et nappes abandonnées que la nuit franchissait en triomphe, la nuit lumineuse et innombrable. Nous nous levâmes, tandis que, ayant devancé nos corps, notre pensée suivait déjà le bruit étoilé, lointain et diffus de ses grands chemins clairs.

Nous marchions sous les fusées des astres, notre imagination anticipait des illuminations toujours plus hautes. Ah, le cynisme de la nuit triomphante ! Ayant pris possession du ciel tout entier, elle y jouait à présent au domino, sans hâte, sans compter, ramassant avec dédain les millions gagnés. Puis, ennuyée, elle traçait sur le champ désolé des milliers de gribouillis transparents, des visages souriants, toujours un seul et même sourire qui, dans quelques instants, déjà éternel, passerait aux étoiles pour s'estomper dans leur indifférence.

Nous nous arrêtâmes à la pâtisserie pour acheter des gâteaux. À peine étions-nous entrés par la porte vitrée, résonnante, dans l'intérieur blanc, glacé, plein de sucreries luisantes, que la nuit arrêta tout d'un coup ses étoiles, brusquement attentive, curieuse de savoir si nous n'allions pas lui échapper. Elle nous attendit tout ce temps-là patiemment, montant la garde devant la porte, faisant briller à travers les vitres les planètes immobiles, tandis que nous choisissions les gâteaux après mûre réflexion. C'est alors que je vis Bianca pour la première fois. Accompagnée de sa gouvernante, elle se tenait debout près du comptoir, en robe blanche, tournée de profil, mince et calligraphique, comme sortie du Zodiaque. Gardant sa pose de jeune fille modèle, elle ne se tourna pas et continua de manger un baba à la crème. Encore tout rayé du zigzag des étoiles, je ne la voyais pas distinctement. Ainsi se croisèrent pour la première fois nos horoscopes, encore très embrouillés. Ils se rencontrèrent et se délièrent insensiblement. Nous n'avions pas encore saisi notre destin dans ce prime aspect astral et nous sortîmes en faisant résonner la porte vitrée.

Nous rentrâmes ensuite par un chemin détourné, à travers une banlieue lointaine. Les maisons étaient de plus en plus basses et éparses, enfin les dernières s'écartèrent et nous entrâmes dans un climat différent. Brusquement, nous nous trouvâmes au milieu d'un printemps doux, d'une nuit tiède qui argentait la boue avec les rayons d'une lune jeune, mauve pâle, à peine levée. Cette nuit anticipait avec une hâte fébrile sur ses phases ultérieures. Tout à l'heure assaisonné du goût âcre habituel à la saison, l'air se fit soudain doux, insipide, imprégné des odeurs de la pluie, de la terre humide et des primevères qui fleurissaient dans la blanche lumière magique. Il était même étrange que sous cette lune généreuse la nuit ne remplît pas les boues argentées du frai gélatineux des grenouilles, qu'elle ne fît pas éclore les œufs, parler des milliers de petites gueules bavardes disséminées sur les espaces caillouteux, où dans les moindres interstices suintaient les filets luisants d'une eau douce. Il fallait deviner, ajouter le coassement aux bruits des sources, aux frémissements secrets. Un moment arrêtée, la nuit se remit en marche, la lune était de plus en plus blême, comme si elle avait versé sa blancheur d'une coupe dans une autre, de plus en plus haute et rayonnante, de plus en plus magique et transcendante.

Nous marchions ainsi sous la gravitation croissante de la lune. Mon père et Monsieur le photographe m'avaient pris entre eux, car je tombais de sommeil. Le sable humide crissait sous nos pas. Je dormais depuis longtemps, avec sous les paupières toute la phosphorescence du firmament barrée de signes lumineux, de signaux et de phénomènes étoilés, quand enfin nous nous arrêtâmes en plein champ. Père me coucha sur son manteau étendu par terre. Les yeux fermés, je voyais le soleil, la lune et onze étoiles rangées dans le ciel pour la parade, qui défilaient devant moi : « Bravo Joseph ! » s'écria mon père en applaudissant. C'était un plagiat évident appliqué à un autre Joseph, dans de tout autres circonstances. Personne ne me le reprocha. Mon père Jacob hocha la tête et fit claquer sa langue,

Monsieur le photographe disposa son trépied sur le sable, tira l'accordéon du soufflet et plongea tout entier sous les plis de drap noir : il prenait en photo ce phénomène extraordinaire, cet horoscope brillant dans le ciel, tandis que moi, la tête voguant dans la clarté, j'étais étendu sur le manteau, inerte, soutenant ce songe le temps de l'exposition.

III

Les journées se firent longues, claires et vastes, presque trop vastes vu leur contenu, encore pauvre et quelconque. C'étaient des journées remplies d'attente, pâlissant d'ennui et d'impatience. Un souffle clair, un vent brillant traversait leur vide que ne troublaient pas encore les senteurs des jardins nus et ensoleillés, il nettoyait les rues immobiles, longues et claires, balayées comme les jours de fête et qui, elles aussi, semblaient attendre une arrivée, encore inconnue et lointaine. Le soleil se dirigeait lentement vers l'équinoxe, ralentissait sa course, touchait à la position dans laquelle il devait s'arrêter dans un équilibre idéal, déversant des torrents de feu sur la terre déserte.

Un souffle infini parcourait l'horizon dans toute sa largeur, disposait des haies et des allées le long des lignes pures des perspectives et s'arrêtait enfin, suffocant, immense, pour refléter, dans son miroir qui embrassait le monde, l'image idéale de la ville, un mirage plongé dans son anfractuosité lumineuse. L'univers s'immobilisait un instant, hors d'haleine, aveuglé, voulant entrer tout entier dans cette image chimérique, éternité provisoire qui s'ouvrait devant lui. Mais la seconde heureuse passait, le vent brisait son miroir et le temps nous reprenait en sa possession.

Vinrent les vacances de Pâques, interminablement longues. Libérés de l'école, nous traînions dans la ville sans but et sans besoin, ne sachant pas profiter de la liberté vide, imprécise, inutilisable. Ne trouvant pas nous-mêmes de définition, nous en attendions une du temps qui, embrouillé dans des milliers de réponses détournées, ne savait lui non plus la trouver.

On avait déjà disposé les tables sur le trottoir devant le café. Des dames en robes claires y étaient assises et avalaient le vent par petites gorgées, comme on déguste une glace. Les jupes flottaient, le vent leur mordillait l'ourlet comme un chiot furieux, les joues des dames rosissaient, le vent sec brûlait les visages, gerçait les lèvres. L'entracte durait encore et son grand ennui, le monde approchait doucement, avec angoisse, d'une frontière, touchait — trop tôt — à un but et attendait.

En ces jours-là, nous avions tous un appétit d'ogre. Desséchés par le vent, nous nous précipitions à la maison pour avaler d'énormes tartines beurrées, nous achetions dans la rue de grands bretzels croustillants et frais, des heures durant nous restions assis en rang, sans une pensée en tête, sous le vaste porche voûté d'un immeuble de la place du marché. Entre les arcades basses on voyait la place blanche et nette. Des tonneaux à vin étaient alignés le long du mur, ils sentaient bon. Tambourinant du pied contre les planches, engourdis par l'ennui, nous nous tenions perchés sur le long comptoir où, les jours de marché, on vendait les fichus bariolés des paysannes.

Tout d'un coup, Rodolphe, la bouche pleine de bretzels, sortit d'une poche intérieure son album de timbres-poste et l'ouvrit devant moi.

À ce moment, je compris pourquoi ce printemps avait été jusqu'alors si vide, si creux et essoufflé. Inconsciemment, il faisait le silence en lui-même, il se taisait, reculait, laissait la place libre, il s'ouvrait tout entier sur un espace net, un azur sans opinions ni définitions, forme étonnée et nue qui attendait un contenu mystérieux. De là venait cette neutralité bleue, comme éveillée en sursaut, cette immense disponibilité. Ce printemps était prêt, vaste, désert et disponible, sans souffle et sans mémoire — il attendait la révélation. Qui aurait pu prévoir qu'elle sortirait, éblouissante et parée, de l'album de timbres de Rodolphe ?

C'étaient des abréviations et des formules étranges, des recettes de civilisations, des amulettes de poche où l'on pouvait saisir avec deux doigts l'essence des climats et des provinces. C'étaient des ordres de paiement en empires et républiques, en archipels et continents. Que possédaient de plus les empereurs et les usurpateurs, les conquérants et les dictateurs ? J'éprouvai soudain la douceur du pouvoir, l'aiguillon de cette insatisfaction que seul le gouvernement des terres peut assouvir. Avec Alexandre le Macédonien je désirai le monde. Et pas un pouce de moins que le monde.

IV

Sombre et ardent, empli d'un âpre amour, je recevais le défilé de la création : pays en marche, cortèges brillants que je voyais par intervalles, à travers des éclipses pourpres, étourdi par les coups du sang qui battait dans mon cœur au rythme de cette marche universelle de toutes les nations. Rodolphe faisait défiler devant mes yeux des bataillons et des brigades, organisait la parade avec zèle, avec affairement. Lui, le propriétaire de cet album, se dégradait volontairement, descendait au rang d'un aide de camp, récitait son rapport solennellement, comme un serment, aveuglé et désorienté dans son rôle ambigu. Enfin, dans un élan, poussé par une magnanimité effrénée, il épingla telle une médaille sur ma poitrine une Tasmanie rose, flamboyante comme le mois de mai, et un Haidarabad où fourmillaient des alphabets étranges, enchevêtrés.

V

C'est à ce moment-là qu'eut lieu la révélation, vision brusquement dévoilée, c'est à ce moment-là que vint la bonne nouvelle, message secret, mission spéciale aux possibilités incalculables. Des horizons violents s'ouvrirent tout grands, féroces à vous couper le souffle, le monde scintilla et frémit, il se pencha dangereusement, menaçant de rompre les amarres de toutes les règles et de toutes les mesures.

Qu'est-ce pour vous, cher lecteur, un timbre postal ? Le profil de François-Joseph Ier avec sa calvitie ornée d'une couronne de laurier ? N'est-ce pas le symbole de la grisaille quotidienne, limite de toutes les possibilités, garantie des frontières infranchissables où le monde a été enfermé une fois pour toutes ?

À cette époque-là, le monde était cerné par François-Joseph Ier et il n'y avait pas d'issue menant au-delà. Ce profil omniprésent et inévitable surgissait à tous les horizons, apparaissait à tous les coins de rues, fermait le monde à clé comme une prison. Et voici que, au moment où nous avions déjà perdu l'espoir, où remplis d'une amère résignation nous avions accepté l'univocité du monde, son étroite invariabilité dont le puissant garant était François-Joseph Ier, à ce moment-là, ô mon Dieu, vous avez ouvert subitement devant moi cet album de timbres comme une chose anodine, vous m'avez permis de jeter un coup d'œil en passant sur ce livre fascinant, sur cet album qui abandonnait ses vêtements à chaque page, de plus en plus aveuglant, de plus en plus poignant... Qui m'en voudra d'être resté ébloui, paralysé par l'émotion, les larmes coulant de mes yeux baignés de clarté ? Ô relativité merveilleuse, acte copernicien, fluidité des catégories et des notions ! Ainsi, ô mon Dieu, vous avez permis tant de modes, innombrables, d'existence ! C'est plus que ce que j'avais rêvé dans mes rêves les plus fous. Ainsi, cette anticipation de mon âme ne m'avait pas trompé, mon âme qui, contre toute évidence, s'obstinait à croire que le monde était infiniment divers !

VI

Le monde se limitait alors à François-Joseph Ier. Sur chaque timbre postal, sur chaque monnaie, sur chaque cachet, son image confirmait l'immutabilité, le dogme inébranlable : tel est le monde et il n'y a pas d'autres mondes possibles en dehors de celui-là, disait le sceau orné du vieillard royal-impérial. Tout le reste n'est qu'illusion, prétention extravagante et usurpation. Couché sur toute chose, François-Joseph Ier avait freiné le monde dans sa croissance.

Cher lecteur, tout notre être est enclin au loyalisme. Le loyalisme de notre nature polie n'est pas insensible au charme du pouvoir. François-Joseph Ier était le pouvoir suprême. Si ce vieillard autoritaire jetait tout son poids dans la balance, il n'y avait rien à faire, il fallait renoncer aux espoirs de l'esprit, à ses pressentiments chaleureux, s'organiser tant bien que mal dans ce monde — le seul possible — sans illusions et sans romantisme, il fallait oublier.

Pourtant, lorsque la prison s'était irrévocablement fermée, que la dernière issue avait été bouchée, qu'une conjuration du silence avait entouré le prisonnier, François-Joseph Ier ayant muré, obstrué le plus petit interstice afin qu'on ne vous vît pas, alors, ô mon Dieu, vous avez surgi, vêtu du manteau bruissant des mers et des continents et vous l'avez démenti ; Seigneur, vous avez pris sur vous l'infamie de l'hérésie en faisant éclater cet énorme blasphème, coloré et splendide. Ô Hérésiarque superbe ! Vous m'avez frappé alors avec ce livre flamboyant, vous avez explosé dans la poche de Rodolphe en vous manifestant dans son album de timbres. À l'époque, je ne connaissais pas encore la forme triangulaire de l'album. Dans mon inconscience, je l'avais échangé contre un pistolet de carton avec lequel nous tirions en classe, sous le pupitre, à la plus grande contrariété des professeurs. Et vous avez tiré, Seigneur! C'était votre chaleureuse tirade, votre philippique flamboyante et superbe contre François-Joseph Ier et son État de prose, c'était le vrai livre de lumière!

Je l'ouvris et les couleurs du monde jaillirent devant mes yeux, le vent des espaces immenses, le panorama des horizons tournoyants. Vous traversiez ses pages, tirant la traîne tissée de toutes les sphères et de tous les climats : Canada, Honduras, Nicaragua, Abracadabra, Hiporapundjab... Je vous avais compris, Seigneur. Tout cela c'étaient les subterfuges de votre richesse, les premiers mots qui vous étaient venus. Vous aviez enfoncé une main dans votre poche et comme on exhibe une poignée de boutons vous me montriez les possibilités qui fourmillaient en vous. Il ne s'agissait pas d'exactitude, vous disiez n'importe quoi. Vous auriez aussi bien pu dire : Panfibras et Haléliva, et dans l'air auraient battu à la puissance *x* des ailes de perroquets, et le ciel, telle une immense rose bleue à cent pétales grand ouverts par votre souffle, aurait fait apparaître son fond éclatant : votre œil ocellé et perçant, et le noyau aveuglant de votre sagesse y aurait miroité, teinté de sur-couleurs, fleurant de sur-arômes. Vous aviez voulu m'éblouir, ô mon Dieu, vous vanter, me séduire, car vous aussi vous avez vos moments de vanité où vous vous admirez vous-même. Oh, que j'aime ces moments-là !

Tu avais été confondu, François-Joseph Ier, toi et ton évangile de prose ! Mes yeux te cherchaient en vain. Enfin, je te trouvai. Tu y étais bien, dans cette foule, mais combien petit, désorienté et gris. Tu marchais dans la poussière de la route, tout de suite après l'Amérique du Sud et avant l'Australie et tu chantais avec les autres : Hosanna !

VII

Je devins adepte du nouvel évangile. Je me liai d'amitié avec Rodolphe. Je l'admirais tout en pressentant confusément qu'il n'était qu'un instrument, que le livre était destiné à quelqu'un d'autre. En effet, Rodolphe faisait plutôt figure de gardien. Il classait, collait, décollait, enfermait à clé dans une armoire. Au fond, il était triste, comme s'il savait qu'il allait décroître tandis que moi je grandirais. Il était semblable à celui qui était venu redresser les chemins du Seigneur.

VIII

J'avais bien des raisons d'admettre que ce livre m'était destiné. Beaucoup de signes indiquaient qu'il s'adressait à moi, qu'il me confiait une mission spéciale, un mandat, une charge personnelle. Je l'avais compris en voyant que personne ne se considérait comme son propriétaire. Même pas Rodolphe, qui le servait. Il lui était essentiellement étranger. Il ressemblait à un domestique paresseux et réticent soumis à la corvée du devoir. Parfois la jalousie inondait son cœur d'amertume. Il se révoltait intérieurement contre son rôle de gardien d'un trésor qui ne lui appartenait pas. Il regardait d'un œil envieux le reflet des mondes lointains, la gamme silencieuse des couleurs qui traversait mon visage. C'est seulement quand il la voyait réfléchie sur ma figure que l'atteignait la lumière de ces pages, où son âme n'avait aucune part.

IX

Une fois, j'avais vu un prestidigitateur. Il se tenait debout sur l'estrade, mince, visible de tous les côtés et, exhibant un haut-de-forme, montrait à tout le monde son fond blanc et vide. Ayant ainsi prémuni son art insoupçonnable contre le reproche de manipulations malhonnêtes, il traça dans l'air avec sa baguette un signe magique, compliqué, puis, avec précision et ostentation, il se mit à sortir du chapeau, à l'aide de sa badine, des rubans de papier, des empans, des aunes, des toises de rubans de couleur. La salle se remplit d'une masse bruissante, d'un crêpe léger, écumant, multiplié à l'infini, d'un amoncellement lumineux, et lui ne cessait de dévider sa trame malgré les voix effrayées, les protestations admiratives, les cris d'extase, les pleurs convulsifs ; enfin il devint clair comme le jour que cela ne lui coûtait rien, qu'il ne puisait pas cette abondance dans ses propres ressources : tout simplement, des réserves extraterrestres s'étaient ouvertes, qui n'avaient rien de commun avec les mesures et les calculs humains.

Quelqu'un qui était prédestiné à comprendre le

sens profond de cette démonstration rentra chez lui pensif et ébloui, pénétré jusqu'au fond de l'âme de la vérité qui venait de l'atteindre : Dieu est innombrable...

X

Il y a lieu de développer ici un bref parallèle entre Alexandre le Grand et moi-même. Alexandre le Grand était sensible aux arômes des pays. Ses narines pressentaient des possibilités inouïes. Il était de ceux dont la main de Dieu frôle le visage durant leur sommeil, qui ont la connaissance de ce qu'ils ne savent pas et à travers leurs paupières fermées discernent les reflets de mondes lointains. Mais il avait pris trop au pied de la lettre les allusions divines. Étant un homme d'action, c'est-à-dire de peu d'esprit, il avait interprété sa mission comme une mission de conquérant du monde. Son cœur connaissait le même inassouvissement dont souffrait le mien, les mêmes soupirs soulevaient sa poitrine à chaque horizon, à chaque paysage franchis. Personne auprès de lui pour redresser son erreur. Aristote lui-même ne le comprenait pas. Aussi mourut-il désenchanté bien qu'ayant conquis le monde entier, doutant de Dieu qui lui échappait toujours, et de ses miracles. Son portrait ornait les monnaies et les timbres de tous les pays. Pour sa punition, il devint le François-Joseph Ier de son temps.

XI

J'aimerais donner au lecteur une idée au moins approximative de ce qu'était alors ce volume où s'ordonnaient par anticipation les affaires dernières de ce printemps. Un vent inquiétant passait dans l'allée des timbres, rue brillante décorée de blasons et de drapeaux, déroulant des emblèmes flamboyants qui flottaient dans un silence inspiré, sous l'ombre menaçante des nuages surgis à l'horizon. Puis dans la rue vide apparurent soudain les premiers hérauts, en tenue de gala, avec des brassards rouges, luisants de sueur, embarrassés, tout pleins de leur mission, affairés. Solennels, profondément émus, ils faisaient des signes muets, et déjà la rue s'assombrissait ; de toutes les rues transversales coulaient des cortèges sombres de manifestants dans un bruit crissant de pas. C'était une immense manifestation de tous les pays, un Premier Mai universel, un défilé monstre. Avec des milliers de mains levées pour le serment, de drapeaux, d'étendards ; par des milliers de bouches le monde criait qu'il n'était pas destiné à François-Joseph Ier mais à quelqu'un de beaucoup, beaucoup plus grand. Au-dessus des foules flottait une couleur rouge claire, presque rose, indescriptible, la couleur libératrice de l'enthousiasme. De Saint-Domingue, de San Salvador, de Floride, affluaient des délégations essoufflées et chaleureuses, en complets framboise, elles saluaient avec des gibus couleur cerise d'où s'envolaient des pinsons piaillants, par deux par trois. Des souffles heureux d'un vent brillant aiguisaient les reflets des trompettes, effleuraient doucement les arêtes des instruments hérissées de silencieuses étincelles. Malgré la grande affluence, le défilé se déroulait dans l'ordre, l'immense revue passait dans le calme et sans bruit. À certains moments les drapeaux violemment, chaleureusement tordus dans des mouvements amarante, dans des battements fébriles, de vains envols d'enthousiasme, se dressent immobiles comme à l'appel, et toute la rue s'immobilise, rouge, aveuglante, pour une alerte silencieuse, tandis que l'on compte attentivement les saluts sourds de la canonnade : quarante-neuf détonations au loin.

Puis l'horizon noircit brusquement comme avant un orage de printemps, seuls les instruments des fanfares jettent leurs reflets, et l'on entend le grondement du ciel assombri, le bruit des espaces lointains, et des jardins proches le parfum du merisier arrive en charges compactes qui explosent doucement, déployant dans l'air leurs traînées indicibles.

XII

À la fin d'avril il y eut une matinée grise et tiède, les gens marchaient en regardant le sol, toujours le même mètre carré de sol humide devant leurs pieds, ils ne sentaient pas qu'à leur droite et à leur gauche ils dépassaient les arbres du parc aux branches noires où s'ouvraient des plaies suppurantes et douces.

Pris dans le filet dense des arbres, le ciel gris, étouffant, pesait sur la nuque des gens, amoncelé en désordre, difforme comme un immense édredon. Ils tentaient de s'en extraire à la force des bras et des jambes, hannetons pris dans la tiède humidité, flairant la glaise avec leurs antennes. Le monde s'étirait, se déroulait et grandissait quelque part là-haut, quelque part derrière et au fond, il se laissait entraîner, béatement affaibli. Par moments il ralentissait, rappelait vaguement quelque chose, devenait branches d'arbres déployées, filet scintillant et serré de chant d'oiseaux jeté sur cette journée grise, et descendait sous terre, dans les racines ophidiennes, dans le battement des vers aveugles, dans la sauvagerie primitive de l'humus noir et de la glaise.

Sous cette immensité sans forme, les gens s'accroupissaient engourdis, la tête vide entre leurs mains, voûtés, ils pendaient sur les bancs des parcs, avec sur les genoux un pétale de journal dont le texte s'était fondu dans la grande inertie incolore de la journée ; gauchement affaissés, ils salivaient inconsciemment.

Peut-être était-ce le ramage des oiseaux qui les abrutissait, ces hochets répétés, capsules de pavot répandant des plombs gris qui parfumaient l'air. Ils marchaient de-ci, de-là, somnolents sous cette grêle de plombs, ils se parlaient par gestes sous l'averse drue, ou bien ils se taisaient, résignés.

Mais lorsque, vers onze heures du matin, la pousse pâle du soleil transperça le grand corps gonflé des nuages, brusquement dans les corbeilles des branches les bourgeons brillèrent tous à la fois et le voile gris du ramage, voilette d'un or pâle, se sépara lentement du visage du jour qui ouvrit les yeux. C'était le printemps.

Soudain l'allée vide du parc est parsemée de gens allant dans tous les sens, comme si elle était le point convergent de toutes les rues de la ville, des robes y fleurissent, des femmes rapides et légères courent à leur travail, aux bureaux, aux magasins, et d'autres à leurs rendez-vous, mais pendant les quelques instants où elles traversent le panier ajouré de l'allée sentant l'humidité de serre et mouchetée de trilles d'oiseaux, elles appartiennent à cette allée, à cette heure-là, sans le savoir, elles sont figurantes au théâtre du printemps comme si elles étaient nées ici en même temps que les ombres délicates des branches et des feuilles qui bourgeonnent à vue d'œil sur le fond d'or sombre du gravier humide, elles courent, le temps de quelques battements chauds et précieux de leurs veines, puis elles pâlissent brusquement, embuées d'ombre, le sable les aspire, filigranes transparents, quand le soleil entre dans la rêverie des nuages.

Mais durant un instant elles ont peuplé le chemin de leur hâte fraîche, et le parfum anonyme de l'allée semble venir du bruissement de leur linge.

Ah, les chemisettes légères, fraîchement amidonnées, conduites en promenade dans l'ombre ajourée du couloir printanier, chemisettes aux taches humides sous les aisselles, qui sèchent aux effluves de violette venus de loin. Ah, les jambes rythmiques, jeunes, échauffées par le mouvement, gainées de bas de soie neufs, crissants, sous lesquels se cachent des taches rouges et des boutons, saines éruptions d'un sang chaud. Le parc tout entier est effrontément couvert de boutons, et tous les arbres se couvrent de boutons qui éclatent dans un pépiement.

Puis l'allée se vide à nouveau et le long du trottoir passe avec un petit bruit de cordes heurtées un landau de bébé aux ressorts élancés. Dans la nacelle vernie, plongé dans un parterre de soieries amidonnées, dort comme dans un bouquet de fleurs quelque chose de plus délicat qu'elles. La jeune fille qui dirige le landau se penche parfois, appuie sur la barre en faisant grincer les essieux et d'un souffle caressant elle écarte ce bouquet de tulles, jusqu'au noyau endormi dont les rêves traversent des nuages et des lumières, selon que la voiture passe par des zones d'ombre ou de clarté.

Plus tard, à midi, lumière et ombre continuent de tresser le jardin bourgeonnant et à travers les mailles fines de ce filet tombe sans fin le chant des oiseaux, d'une branche à l'autre, il tombe en pluie de perles à travers la cage du jour, mais les femmes qui suivent le sentier sont déjà fatiguées, la migraine a défait leurs cheveux, le printemps tourmenté leurs visages : plus tard encore l'allée reste déserte, seule y traîne l'odeur du restaurant du parc.

XIII

Tous les jours à la même heure, Bianca passe par là accompagnée de sa gouvernante. Que dire de Bianca, comment la décrire ? Je ne sais qu'une chose, c'est qu'elle est merveilleusement accordée avec elle-même, qu'elle remplit son programme jusqu'au bout. Avec une profonde émotion, je la vois toujours comme pour la première fois rentrer pas à pas dans son être, danseuse légère dont chaque geste atteint l'essentiel.

Sa façon de marcher n'est ni trop gracieuse ni recherchée, et cette simplicité va droit au cœur, et le cœur se serre de joie à l'idée que l'on puisse être Bianca aussi simplement, sans artifice et sans la moindre tension.

Une fois elle leva lentement ses yeux sur moi et la sagesse de son regard me perça de part en part. À ce moment je sus que rien ne lui était caché, que depuis le début elle connaissait toutes mes pensées. Dès lors, je me mis à sa disposition, exclusivement et sans réserve. Elle l'accueillit d'un signe des paupières à peine perceptible. Tout se passa sans un mot, sans même un temps d'arrêt, en un regard.

Lorsque je tente de me l'imaginer, je ne peux évoquer qu'un seul détail, insignifiant : la peau de ses genoux, gercée comme celle d'un garçon. La chose est profondément émouvante, elle conduit l'imagination dans des contradictions torturées, des antinomies enchanteresses. Tout le reste, tout ce qu'il y a au-dessus et en dessous, est transcendant et inimaginable.

XIV

Aujourd'hui je me suis plongé à nouveau dans l'album de timbres de Rodolphe. Quelle étude merveilleuse ! Ce texte est plein de renvois, d'allusions, de sous-entendus, d'un scintillement ambigu. Mais toutes ses lignes convergent vers Bianca. Que d'heureuses suppositions ! D'un nœud à l'autre, mon soupçon court comme le long d'une mèche, enflammé par l'espoir ébloui. Ah j'ai le cœur gros, oppressé par les mystères que je devine.

XV

Dans le parc municipal il y a maintenant de la musique tous les soirs, la promenade de printemps glisse dans les allées. Ils flânent et reviennent, ils se croisent et se rencontrent, suivant des arabesques symétriques, toujours à nouveau reprises. Les jeunes gens portent des chapeaux neufs et tiennent avec nonchalance leurs gants dans une main. Entre les troncs des arbres, à travers les haies, les robes des jeunes filles brillent dans les allées voisines. Les jeunes filles vont par deux, balançant les hanches, hérissées de falbalas et de volants vaporeux, cygnes vêtus de plumes blanches et roses, cloches remplies de mousseline à fleurs, et parfois elles se posent sur un banc, comme fatiguées du vide de cet apparat, elles posent cette grande rose de georgette et de batiste, qui éclate alors et dont les pétales débordent. À ce moment les jambes croisées se dévoilent, enlacées, formes blanches, irrésistibles, et les jeunes promeneurs, en passant devant elles, pâlissent et se taisent, foudroyés par la force de l'argument, convaincus et vaincus.

Juste avant le crépuscule il y a un moment où les couleurs du monde embellissent. Endimanchées, chaleureuses et tristes, elles acquièrent des contours. Le parc se couvre d'un vernis rose, d'une laque brillante qui rend les choses brusquement très lumineuses. Mais dans ces couleurs mêmes il y a un ton d'azur trop profond, une beauté trop évidente et déjà suspecte. Un instant encore, et le jardin, à peine saupoudré de jeune verdure, encore nu et tout en branches, laisse transparaître l'heure rose du crépuscule, fraîche et embaumée, imprégnée de la tristesse indicible des choses à jamais et mortellement belles.

Soudain le parc tout entier se transforme en un orchestre immense et muet, solennel et recueilli, attendant sous la baguette levée du chef que la musique mûrisse en lui, puis sur cette ardente symphonie silencieuse tombe le crépuscule bref et théâtral, comme sous la poussée d'une montée violente de tons dans tous les instruments à la fois — là-haut, la voix d'un loriot caché dans les branches transperce la jeune verdure — et tout devient grave, désert et tardif, comme dans la forêt à la tombée du jour. Un souffle à peine perceptible passe sur les cimes des arbres qui laissent tomber une pluie amère et sèche de fleurs de merisier. L'arôme âcre flotte sous le ciel assombri et descend dans un soupir de mort, les premières étoiles laissent couler leurs larmes, petites fleurs de lilas cueillies dans la nuit pâle et mauve. (Ah oui, je sais, son père est médecin sur un navire, sa mère était créole. C'est elle qu'attend toutes les nuits sur le fleuve le bateau à vapeur flanqué d'une roue de chaque côté, tous feux éteints.)

En ce moment, une force étrange gagne les couples flâneurs, les jeunes gens et les jeunes filles qui se rencontrent à intervalles réguliers. Chaque garçon devient un Don Juan beau et irrésistible, se surpasse lui-même, orgueilleux et victorieux, son regard atteint cette force meurtrière sous laquelle défaillent les cœurs des jeunes filles. Et les yeux des jeunes filles deviennent profonds, des jardins aux mille sentiers y éclosent, des parcs-labyrinthes sombres et bruissants. Un éclat de fête dilate leurs pupilles qui s'ouvrent, s'abandonnent et laissent entrer les vainqueurs dans les allées de leurs jardins ténébreux où les chemins symétriques, strophes d'une canzone, s'en vont dans tous les sens, se rencontrent, se retrouvent dans une triste rime, sur des places roses, autour de parterres circulaires, ou auprès des fontaines dont les derniers rayons du couchant enflamment l'eau, pour se séparer de nouveau, s'écouler dans les masses noires des bosquets, maquis du soir, de plus en plus denses et bruissants, où ils s'égarent, se perdent comme dans des coulisses compliquées, tentures de velours, calmes alcôves. Traversant la fraîcheur de ces jardins obscurs ils entrent insensiblement dans des lieux solitaires, étrangers, oubliés, dans un bruissement nouveau des arbres, plus sombre, crêpe de deuil flottant, où l'obscurité fermente et le silence se détériore, se désintègre comme dans un vieux tonneau de vin oublié.

Errant ainsi à l'aveuglette au milieu du velours sombre de ces parcs, ils se rencontrent enfin dans une clairière isolée, sous un dernier rayon pourpre, au bord d'un bassin qu'une boue noire envahit depuis des siècles, et sur la balustrade ébréchée, aux confins du temps, ils se retrouvent à nouveau dans une vie depuis longtemps révolue, dans une préexistence lointaine, inclus dans un temps étranger, vêtus de costumes de jadis ils sanglotent sans fin sur la mousseline d'une élégie, s'élevant jusqu'à d'inaccessibles serments, et montant les marches de l'extase ils atteignent les sommets, les limites au-delà desquelles il n'y a plus que la mort et l'engourdissement du plaisir qui ne dit pas son nom.

XVI

Qu'est-ce que le crépuscule de printemps ?

Avons-nous atteint le cœur des choses, le chemin s'arrête-t-il là ? Nous sommes au bout de nos mots qui, dès lors, deviennent oniriques, embrouillés et fous. Pourtant, c'est seulement au-delà des mots que commence ce qui, dans ce printemps, est le plus grand et le plus indicible. Le mystère du crépuscule ! C'est seulement en dehors des mots, là où notre magie à nous n'agit plus, que s'étend cet élément immense et sombre. Le mot s'y décompose, se dissout, revient à son étymologie, à son obscure racine. Voici que le jour baisse, les mots se perdent au milieu de vagues associations : Achéron, Léthé, Enfers... Sentez-vous le souffle des profondeurs, des caves, du tombeau ? Qu'est-ce que le crépuscule de printemps ? Une fois de plus nous posons cette question, refrain de nos recherches, ne trouvant pas de réponse.

Lorsque les racines des arbres veulent parler, que sous le gazon beaucoup de passé s'est accumulé, beaucoup d'histoires très anciennes, quand sous les racines il s'est concentré trop de chuchotements essoufflés, de magma inarticulé et de cette chose sombre qui précède la parole, alors l'écorce des arbres noircit et se divise en écailles rêches et épaisses, en fentes profondes, des orifices s'y ouvrent, sombres comme la fourrure de l'ours. Et si l'on plonge le visage dans cette fourrure duveteuse du crépuscule, tout devient brusquement obscur et silencieux. Il faut alors appliquer les yeux contre l'obscurité la plus noire, les forcer un peu, les obliger à percer l'impénétrable, le sol inerte, et soudain nous voilà de l'autre côté des choses, au fond, aux Enfers. Et nous voyons...

Il n'y fait pas du tout noir, contrairement à ce qu'on pourrait imaginer. Non, des pulsations lumineuses font vibrer l'espace. Il est évident que la lumière intérieure des racines, des feux follets, de fines veinules de lueur parcourent l'obscurité, le rêve immobile de la matière. Ici, coupés du monde, perdus dans ce retour à soi-même, nous voyons à travers nos paupières fermées, car les pensées s'allument alors en nous, petites flammes, torches intérieures. C'est une régression totale, un recul jusqu'au fond, un retour aux racines, l'anamnèse se ramifie, et nous rêvons secoués de frissons souterrains. C'est seulement là-haut, au grand jour — il faut tout de même le dire —, que nous sommes ce faisceau mélodieux, articulé, frémissant, alouette et cime incandescente ; ici, au fond, nous nous éparpillons en miettes, en marmonnements noirs, en d'innombrables histoires inachevées.

Maintenant nous savons enfin sur quoi a poussé ce printemps et pourquoi il est si triste, si grevé de savoir. Ah, nous ne le croirions pas si nous ne l'avions vu de nos propres yeux ! Voici les labyrinthes, les entrepôts intérieurs, voici les tourbes encore tièdes, cendres et poussière. Histoires séculaires. Sept couches, comme à Troie, couloirs, casemates, trésors. Que de masques d'or alignés, aux sourires aplatis, que de visages rongés, de momies, chrysalides vides. C'est ici qu'ils se trouvent, ces columbariums, ces tiroirs à cadavres où gisent les morts desséchés, noirs comme des racines, attendant leur heure ; ici les grandes vitrines où ils sont exposés dans des urnes, des bocaux, où ils restent des années durant sans que personne les achète. Peut-être s'agitent-ils déjà dans leurs nids, déjà complètement guéris, purs comme l'encens, drogues odorantes, gazouillantes, réveillées et impatientes, pommades et baumes matinaux essayant avec le bout de la langue leur propre goût. Ces pigeonniers murés sont pleins de becs sortant de l'œuf et du tout premier babillage, tâtonnant et lumineux. Il naît soudain une atmosphère matinale, atmosphère d'avant le temps, dans ces longues allées vides où les morts reposés se réveillent un rang après l'autre à une aube toute neuve !

Mais ce n'est pas tout, descendons plus bas. N'ayez pas peur, donnez-moi la main, encore un pas, nous voilà aux racines et tout de suite nous sommes entourés de ramures sombres, comme au fond d'une forêt. Ça sent l'herbe et le bois vermoulu, les racines s'en vont dans le noir, elles s'embrouillent, se lèvent, des sèves inspirées y montent. Nous sommes passés de l'autre côté, à l'envers des choses, dans l'obscurité piquée de phosphorescences emmêlées. Tournoiement, agitation, foule. Magma grouillant de peuples et de générations, multiplication infinie de Bibles et d'Iliades. Migration tumultueuse, enchevêtrement et bruit de l'histoire. Le chemin s'arrête là. Nous sommes tout au fond, nous avons atteint les fondements obscurs, nous sommes chez les Mères. C'est ici, les Enfers interminables, les étendues ossianiques désolées, les Niebelungen du désespoir. Ici, les grandes pépinières de l'histoire, les fabriques de fables, de contes, d'affabulations. Maintenant enfin on comprend le grand et triste mécanisme du printemps. Ah, le printemps pousse sur des histoires. Que d'événements, que de vies, que de destins ! Tout ce que nous avons jamais lu, toutes les histoires entendues et toutes celles que nous rêvons confusément depuis notre enfance, sans les avoir jamais entendues, ont ici leur patrie. Où les écrivains prendraient-ils leurs idées, où puiseraient-ils le courage d'inventer s'ils ne sentaient pas derrière eux ces réserves qui font vibrer les Enfers ? Murmure de la terre. Contre ton oreille bat régulièrement un discours inépuisable. Tu avances, les yeux mi-clos, dans la tiédeur de ces murmures, sourires, suggestions, harcelé, piqué de milliers de questions. Ils voudraient que tu acceptes quelque chose d'eux, n'importe quoi, fût-ce une pincée de ces histoires qui n'ont jamais pris forme, ils demandent que tu les intègres dans ta jeune vie, dans ton sang, que tu les sauves et continues de vivre avec elles. Qu'est-ce que le printemps sinon une résurrection d'histoires ? Au milieu de cet élément immatériel, lui seul, le printemps est vivant, réel, frais et ignorant de tout. Son jeune sang vert, son ignorance végétale attirent les spectres, fantômes, larves et farfadets. Et lui, désemparé et naïf, il les laisse entrer dans son rêve, il dort avec eux, puis se réveille à l'aube, ne se souvenant de rien. Voilà pourquoi il est si lourd, grevé de toute cette somme de choses oubliées, et si triste, parce qu'il doit tout seul accomplir sa vie pour tant de vies inaccomplies, être beau pour tant de vies rejetées et abandonnées... Et pour ce faire, il n'a que le parfum du merisier assemblé en un seul cours éternel et insondable où tout est compris... Qu'est-ce à dire, oublier ? Sur les vieilles histoires une verdure neuve a poussé en une nuit, un délicat dépôt vert, des bourgeons clairs et denses ont jailli. L'oubli reverdit au printemps, de vieux arbres recouvrent leur douce et naïve ignorance, ils se réveillent dotés de ramures légères et sans mémoire, tandis que leurs racines plongent dans des histoires anciennes. Le printemps lira ces histoires comme si elles étaient nouvelles, il les syllabisera depuis le début, les rajeunira, et elles recommenceront comme si elles n'avaient pas été.

Bien des histoires ne sont jamais nées. Entre les racines, que de chœurs plaintifs, de contes qui se racontent l'un à l'autre, de monologues intarissables, d'improvisations inattendues ! Aurons-nous la patience de les écouter ? Avant la plus ancienne des histoires entendues, il y en avait d'autres que vous n'avez pas entendues, il y eut des prédécesseurs anonymes, des romans sans titre, épopées énormes, pâles et monotones, troncs informes, géants sans visage qui obscurcissaient l'horizon, paroles sombres, drames vespéraux des nuages, et encore plus loin, des livres-légendes, jamais écrits, livres-prétendant-à-l'éternité, livres-feux-follets, perdus in partibus infidelium...

Parmi toutes les histoires qui se pressent en foule aux racines du printemps, il y en a une, devenue depuis longtemps propriété de la nuit, établie pour toujours au bout du firmament, accompagnement éternel et toile de fond des étendues célestes. À travers chaque nuit de printemps, quels que soient les événements qui s'y déroulent, elle passe survolant le concert des grenouilles et le bruit infatigable des moulins. L'homme avance sous la poussière des étoiles, il avance à grands pas à travers le ciel, serrant l'enfant dans les plis de son manteau, toujours en route, pèlerin éternel dans les espaces infinis de la nuit. Chagrin immense de la solitude, orphelin dans les espaces nocturnes, éclat des étoiles lointaines. Le temps ne peut plus rien changer à cette histoire, elle traverse les horizons étoilés, elle nous croise et il en sera toujours ainsi, toujours à nouveau, car ayant une fois quitté l'ornière du temps, elle est devenue insondable et aucune répétition ne pourra jamais l'épuiser. L'homme avance serrant l'enfant dans ses bras — nous répétons exprès ce refrain, cet exergue de la nuit, afin de saisir la continuité intermittente de son passage, tantôt voilé par le filet emmêlé des étoiles, tantôt invisible pendant de longs intervalles muets où passe le souffle de l'éternité. Des mondes approchent tout près, terrifiants de couleurs, ils envoient des signaux violents, des rapports inexprimables, lui avance, calmant la petite fille d'une voix monotone et désespérée, impuissant face à l'autre chuchotement, aux persuasions terriblement douces de la nuit, à ce mot unique que formule la bouche du silence quand personne ne l'écoute...

C'est l'histoire de la princesse enlevée et substituée.

XVII

Quand à minuit ils entrent sans bruit dans la vaste villa au milieu des jardins, dans la chambre blanche au plafond bas où se trouve un piano à queue noir et luisant dont toutes les cordes se taisent, quand à travers la grande baie vitrée la nuit entre comme à travers les verres d'une serre, nuit pâle où tombe une fine pluie d'étoiles — dans les vases des branches de merisier répandent leur parfum amer qui flotte au-dessus du lit blanc — alors dans la grande nuit éveillée courent des angoisses et le cœur parle dans son sommeil, il s'envole et bute et sanglote dans la nuit saupoudrée de rosée, lumineuse et pleine de papillons... Ah, comme le parfum amer du merisier élargit la nuit, et le cœur fatigué, épuisé par des courses heureuses, voudrait s'endormir un instant sur une frontière aérienne, sur l'arête étroite, tandis que la nuit s'écoule de plus en plus pâle et immatérielle, toute rayée de lignes et zigzags lumineux, et le cœur recommence à délirer, il se laisse entraîner dans les affaires compliquées des étoiles, hâtes essoufflées, paniques livides, rêves lunatiques, frissons léthargiques.

Ah, les enlèvements et les poursuites de cette nuit, les trahisons et les murmures, Nègres et hommes de barre, balustrades des balcons et volets nocturnes, robes de mousseline et voiles flottant dans une fuite éperdue !... Enfin, après une brève éclipse, moment de répit noir et sourd, vient l'heure où toutes les marionnettes sont rangées dans leurs boîtes, tous les rideaux tirés, et les respirations reprennent leur va-et-vient paisible sur la scène, tandis que dans le vaste ciel calmé l'aube construit silencieusement ses villes lointaines roses et blanches, ses pagodes et minarets clairs aux coupoles arrondies.

XVIII

C'est seulement à un lecteur attentif du livre que la nature de ce printemps apparaît, claire et lisible. Tous ces préparatifs matinaux, hésitations, doutes et scrupules, dévoilent leur sens à l'initié des timbres postaux. Ceux-ci l'introduisent dans le jeu compliqué de la diplomatie matinale, dans les longues négociations, tergiversations atmosphériques qui précèdent le jour. Le Mexique bigarré et torride voudrait se déverser en brouillards roux de la neuvième heure — c'est nettement visible —, le Mexique avec son serpent gigotant dans le bec d'un condor, mais dans la haute verdure des arbres un perroquet répète obstinément à intervalles réguliers, avec toujours la même intonation, « Guatemala », mot turquoise, et l'atmosphère s'imprègne d'un parfum de cerise, de fraîcheur, de feuilles.

Au mois de mai, les journées étaient roses

comme l'Égypte. La place débordait d'un éclat ondoyant. Dans le ciel, des nuages s'amoncelaient sous des fentes lumineuses, volcaniques, aux contours aveuglants, et — Barbados, Labrador, Trinidad — tout virait au rouge, comme si l'on regardait le monde à travers des lunettes de rubis. Au rythme des éclipses pourpres du sang monté à la tête, la grande corvette de la Guyane passait dans le ciel, les voiles en feu. Elle avançait, lourde, ses toiles battant au vent, ses cordes tendues, aux cris des haleurs, à travers l'agitation des mouettes et la lueur rougeâtre de la mer. Alors surgissait, couvrant le ciel tout entier, s'étendant de bout en bout, l'énorme gréement de cordes enchevêtrées, de perches et d'échelles, et le spectacle aérien d'artimons, de beauprés et de focs se déroulait, où dans les intervalles apparaissaient des Négrillons agiles qui se dispersaient dans les labyrinthes de la toile, se perdant au milieu des signes et figures fantastiques du ciel des Tropiques.

Plus tard, le décor change, dans le ciel trois ombres roses se dressent à la fois, la lave brillante fume, dessinant d'un trait lumineux les contours menaçants des massifs de nuages, et — Cuba, Haïti, Jamaïque — le noyau du monde va par le fond, atteint l'essentiel, brusquement la quintessence de ces journées se déverse : océans des Tropiques, azurs des archipels, atolls et tourbillons heureux, moussons salées de l'Équateur.

L'album de timbres dans les mains, je lisais ce printemps-là, ce printemps qui se conjuguait avec toutes les Colombie, Costarica, Venezuela. Car le Mexique, au fond, qu'est-ce que c'est, ou l'Équateur ou Sierra Leone, sinon une épice recherchée qui rehausse le goût du monde, possibilité ultime, impasse de l'arôme où le monde aboutit dans ses recherches après avoir essayé toutes les touches du clavier ?

Le principal est de ne pas oublier — comme Alexandre le Grand l'avait oublié — qu'aucun Mexique n'est le dernier, qu'il n'est qu'un point de passage, que le monde continue au-delà, et qu'après chaque Mexique s'ouvre un autre Mexique, encore plus éblouissant.

XIX

Bianca est toute grise. Son teint basané recèle comme une touche diluée de cendres éteintes. Je crois que le contact de sa main doit dépasser tout ce que l'on peut imaginer.

La discipline de son sang résulte de générations de dressage. Émouvante soumission aux impératifs de l'éducation, et qui témoigne d'un esprit de contradiction surmonté, de révoltes matées, de sanglots étouffés la nuit, de viols commis sur son orgueil. Pleine de bonne volonté et d'une grâce triste, elle s'insère, par chacun de ses gestes, dans les formes prescrites. Elle ne fait rien au-delà du nécessaire, ses mouvements sont mesurés avec parcimonie, ils remplissent à peine la forme, sans enthousiasme, comme dictés par le sens du devoir. Cette maîtrise de soi donne à Bianca sa précoce expérience, sa connaissance des choses. Elle sait tout. Et sa propre sagesse, où il n'entre pas de joie, ne la fait pas sourire, sa bouche se ferme en une ligne d'une beauté accomplie, les sourcils ont un dessin net et sévère. Non, elle ne puise dans sa sagesse aucun penchant à l'indulgence, au relâchement. Au contraire, cette vérité à laquelle sont attachés ses yeux tristes, il ne lui est possible, dirait-on, d'y faire face qu'à l'aide d'une vigilance tendue, en observant strictement la forme. Il y a dans son tact infaillible, dans sa loyauté envers la forme un océan de chagrin et de souffrance péniblement surmontés.

Pourtant, brisée par la forme, elle s'en est libérée, victorieusement. Mais au prix de quel sacrifice !

Lorsqu'elle marche, mince et droite, d'où lui vient cet orgueil qu'elle porte avec simplicité au rythme de ses pas ? Est-ce son orgueil à elle, vaincu, ou le triomphe des principes auxquels elle s'est soumise ?

En revanche, quand elle lève les yeux et vous jette un regard clair et triste, soudain elle sait tout. Sa jeunesse ne l'a pas empêchée de deviner les choses les plus secrètes, sa douce sérénité est apaisement après de longues journées de pleurs et de sanglots. C'est pourquoi ses yeux sont cernés, il y a en eux une chaleur humide, et leur regard, ignorant la dispersion, va droit au but.

XX

Bianca la merveilleuse est une énigme pour moi. Je l'étudie avec obstination, avec acharnement — et avec désespoir — dans l'album de timbres postaux. Comment ! Cet album traiterait-il également de psychologie ? Naïve question ! L'album est un livre universel, un livre de référence qui englobe tout le savoir humain. Évidemment, il le cache derrière des allusions, des sous-entendus. Il faut un certain flair, un certain courage du cœur et de l'esprit pour retrouver la trace de feu, l'éclair qui parcourt ses pages.

Ce qu'il faut éviter dans ce domaine, c'est la mesquinerie, le pédantisme, le plat mot à mot. Tous les éléments sont reliés entre eux, tous les fils se rejoignent dans le même nœud. Avez-vous remarqué qu'entre les lignes de certains livres des hirondelles passent en foule, des versets d'hirondelles pointues et frémissantes ? Il faut lire dans le vol des oiseaux...

Mais je reviens à Bianca. Quelle beauté émouvante dans ses gestes ! Chacun d'eux est réfléchi, déterminé depuis des siècles, assumé avec résignation, comme si elle-même connaissait d'avance le déroulement inévitable de son destin. Il arrive que j'essaie de la questionner des yeux — lorsque nous nous rencontrons face à face dans une allée du jardin —, que je tente de formuler ma prière. Avant que j'y sois parvenu, elle y a déjà répondu. Elle a répondu tristement, par un seul regard bref et profond.

Pourquoi tient-elle la tête penchée ? Que regardent ses yeux attentifs et songeurs ? Le fond de son destin serait-il d'une insondable mélancolie ? Malgré tout, ne porte-t-elle pas sa résignation avec dignité, avec orgueil, avec la certitude qu'il ne peut en être autrement, et comme si la sagesse, en la privant de joie, l'avait rendue invulnérable, l'avait dotée d'une liberté supérieure, découverte tout au fond de l'obéissance volontaire ? C'est ce qui donne à sa soumission le charme du triomphe.

Elle est assise en face de moi, à côté de sa gouvernante, elles lisent toutes les deux. Sa robe blanche — je ne l'ai jamais vue habillée d'une autre couleur —, fleur épanouie, s'étale sur le banc. Elle croise avec une grâce indescriptible ses jambes élancées à la carnation basanée. Le contact de sa chair doit être douloureux dans sa sainteté.

Puis elles se lèvent toutes les deux ayant refermé leurs livres. D'un bref regard Bianca accepte et me retourne mon salut, et elle s'éloigne, légère, tout en méandres, ses jambes épousant mélodieusement le rythme des grands pas élastiques de la gouvernante.

XXI

J'ai minutieusement fouillé toute la propriété. J'ai fait à plusieurs reprises le tour de ce vaste terrain protégé par de hautes clôtures. Les murs blancs de la villa, ses terrasses, ses vérandas, m'apparaissent sous des angles toujours nouveaux. Derrière s'étend le parc qui débouche sur une plaine déboisée. Il y a là d'étranges bâtiments, mi-usines, mi-granges ou étables. J'ai regardé par une fente dans la clôture, ce que j'ai vu est peut-être illusion. Dans l'air printanier raréfié par la chaleur, on croit parfois apercevoir des choses lointaines, mirages réfléchis par des lieues d'une atmosphère frémissante. Pourtant j'ai la tête qui éclate d'idées contradictoires. Il faut que je demande conseil à l'album de timbres-poste.

XXII

Est-ce possible ? La villa de Bianca serait-elle protégée par des traités internationaux d'exterritorialité ? À quelles découvertes étonnantes me conduit l'étude de l'album ! Suis-je le seul à connaître cette surprenante vérité ? Je ne peux prendre à la légère les pressentiments et les arguments que l'album accumule sur ce point.

Aujourd'hui j'ai examiné la maison de près. Depuis des semaines je rôdais autour de la belle grille en fer forgé, ornée d'armoiries. J'ai profité du moment où deux équipages vides quittaient le parc. Les deux battants de la grille étaient restés grands ouverts. Personne n'avait l'air de les refermer. Je suis entré d'un pas nonchalant, j'ai sorti mon calepin de ma poche et, appuyé contre le montant de la grille, j'ai fait semblant de dessiner un détail d'architecture. Je me tenais sur le sentier gravillonné que le petit pied de Bianca avait si souvent foulé. Mon cœur s'arrêtait de battre sous l'emprise d'une angoisse heureuse à l'idée que sur le seuil d'une porte, au balcon, apparaîtrait sa silhouette élancée en robe blanche. Mais des stores verts baissés fermaient toutes les portes et toutes les fenêtres. Pas un bruit ne trahissait la vie cachée dans cette maison. Le ciel commençait à s'assombrir à l'horizon, des éclairs lointains passaient. Pas le moindre souffle dans l'air tiède. Dans le silence de ce jour gris, seuls les murs de la villa, d'une blancheur de craie, parlaient le langage de leur riche architecture, libre et légère, qui s'exprimait par des pléonasmes, des milliers de variantes du même motif. Le long d'une frise couraient, à gauche et à droite, en cadences symétriques, des guirlandes en relief ; elles s'arrêtaient, indécises, aux angles de la maison. Du haut de la terrasse centrale descendait un escalier de marbre, pathétique et cérémonieux, entouré de balustrades et de vases qui s'écartaient en hâte, et parvenu à terre, il semblait reculer dans une profonde révérence, ramassant sa robe déployée.

J'ai un sens du style particulièrement aigu. Ce style-là m'irritait et m'inquiétait d'une façon inexplicable. Son classicisme brûlant, laborieusement maîtrisé, son élégance apparemment froide cachaient des frissons indéfinissables. Il était trop ardent, trop acéré. Une goutte d'un poison inconnu l'avait rendu sombre, explosif et dangereux.

Désorienté, tremblant d'émotion, je fis sur la pointe des pieds le tour du fronton de la villa, effarouchant des lézards endormis sur l'escalier.

Autour d'un bassin circulaire, sans eau, le sol était craquelé et encore nu. Par-ci, par-là, un peu de verdure enthousiaste, fanatique, jaillissait d'une crevasse. Je cueillis une poignée de ces herbes et la glissai dans mon bloc-notes. Je tremblais, bouleversé jusqu'au fond de l'âme. Au-dessus du bassin l'air était gris, trop transparent et trop ondoyant dans la chaleur. Le baromètre fixé à un poteau non loin de là indiquait une baisse inquiétante. Le silence tout autour était absolu. Pas une brindille ne bougeait. Les stores tirés, la villa semblait dormir, brillant d'une blancheur de craie dans une atmosphère de mortel engourdissement. Brusquement, comme si le temps d'arrêt avait atteint son point critique, un ferment coloré brouilla l'air, le décomposant en pétales bariolés, en battements d'ailes diaprés.

C'étaient des papillons énormes et lourds, occupés deux par deux aux jeux de l'amour. Leur agitation tremblante, maladroite, dura quelques instants. Éclairs de couleurs, ils se poursuivaient, se réunissaient en vol. Ou n'était-ce qu'un mirage formé dans l'air imprégné de l'odeur du haschisch ? Je brandis ma casquette et un papillon de velours vint se poser sur le sol, les ailes frémissantes. Je le ramassai. Une preuve de plus.

XXIII

J'ai deviné le secret de ce style. Les lignes de cette architecture répétaient si longtemps, avec tant de volubilité importune la même phrase incompréhensible que j'ai fini par déchiffrer le code, j'ai démasqué la mystification. En fait, c'était une mascarade cousue de fil blanc. Dans ces lignes recherchées et agiles, d'une distinction exagérée, il y a un goût trop piquant, trop brûlant, un accent de frénésie, de chaleur ou de violence — bref, quelque chose de coloré, de colonial, comme s'il roulait les yeux... Oui, ce style a un arrière-goût répugnant, il est débauché, alambiqué, tropical et cynique à l'extrême.

XXIV

On comprendra à quel point cette découverte me toucha. Des lignes éloignées se rapprochaient et se rejoignaient, elles convergeaient en des rapprochements inattendus. Bouleversé, j'ai fait part à Rodolphe de ma découverte. Il n'a pas eu l'air ému. Même, dans un mouvement de mécontentement impatient, il m'a accusé d'exagérer, d'affabuler. De plus en plus souvent il me reproche d'être un fumiste et un mystificateur. Bien qu'il me reste encore quelque sympathie pour lui, propriétaire de l'album, ses éclats haineux débordant d'amertume contribuent à m'en éloigner. Mais je ne lui montre pas qu'ils me blessent, je dépends de lui, hélas. Que ferais-je sans son album ? Lui, il le sait et il profite de sa supériorité.

XXV

Il se passe trop de choses ce printemps. Trop d'aspirations, trop d'ambitions exorbitantes font éclater ses obscures profondeurs. Son expansion ne connaît pas de limites. Maîtriser cette entreprise immense, démesurément grandie, c'est au-dessus de mes forces. Voulant rejeter une partie du poids sur les épaules de Rodolphe, je l'ai nommé co-régent. Anonyme, bien entendu. Lui, moi et son album de timbres, nous constituons ensemble un triumvirat officieux sur lequel pèsent toutes les responsabilités de cette gigantesque affaire.

XXVI

Je n'ai pas eu l'audace de contourner la villa pour voir ce qu'il y a derrière. Pourquoi donc ai-je eu le sentiment d'y avoir été un jour, il y a très longtemps ? Au fond, ne connaissons-nous pas d'avance tous les paysages que nous rencontrons au cours de notre vie ? Est-il possible qu'il se produise quelque chose d'entièrement nouveau, que nous n'ayons pas pressenti tout au fond de nous-mêmes ? Je sais qu'un jour, à une heure tardive, je serai là-bas, au seuil des jardins, main dans la main avec Bianca. Nous entrerons dans ces recoins oubliés, entre de vieux murs qui enferment des parcs empoisonnés, des paradis artificiels de Poe pleins de ciguë, de pavots et de plantes grimpantes aux sucs opiacés, brûlant sous le ciel brun comme celui de très vieilles fresques. Nous réveillerons le marbre blanc d'une statue qui somnole, les yeux vides, dans ce monde au-delà des marges, au-delà des confins d'un après-midi fané. Nous effraierons son seul amant, un vampire rouge endormi sur son sein, les ailes pliées. Il s'envolera sans bruit, souple, coulant, ondoyant, loque décharnée, rouge feu, sans squelette ni substance, il tournoiera battant des ailes, s'estompera dans l'air figé. Nous franchirons une petite grille, nous entrerons dans une clairière vide. La végétation y sera brûlée comme le tabac, comme la pampa à la fin de l'été indien. Ce sera peut-être dans l'État de New Orleans ou de Louisiane — les pays ne sont qu'un prétexte. Nous nous assiérons sur le bord de pierre d'un bassin carré, Bianca trempera ses doigts blancs dans l'eau tiède où flotteront des feuilles jaunies, elle ne lèvera pas les yeux. De l'autre côté de la pièce d'eau se tiendra assise une silhouette noire, mince et voilée. « Qui est-ce ? » demanderai-je dans un murmure, Bianca hochera la tête et répondra à voix basse : « N'aie pas peur, elle n'écoute pas, c'est ma mère, elle est morte, elle habite ici. » Puis elle me dira les choses les plus douces et les plus tristes. Il n'y aura plus de consolation. Le crépuscule tombera...

XXVII

Les événements se chassent les uns les autres à une allure affolante. Le père de Bianca est arrivé. Je m'étais arrêté aujourd'hui au croisement des rues des Fontaines et du Scarabée, quand est survenue une victoria luisante, ouverte, à la caisse large et plate comme une conque. Dans la grande coquille de soie j'ai vu Bianca, à demi couchée, en robe de tulle. Le bord rabattu de son chapeau retenu par un ruban noué sous le menton jetait une ombre sur son profil délicat. Elle disparaissait presque dans l'écume blanche de sa robe. À ses côtés était assis un monsieur vêtu d'une redingote noire et d'un gilet de piqué blanc sur lequel brillait une lourde chaîne dorée, ornée d'une multitude de breloques. Sous le chapeau melon noir tiré sur les oreilles, un visage gris, fermé et sombre, encadré de favoris. J'ai frissonné. Aucun doute n'était permis. Cet homme était monsieur de V...

Au moment où l'élégant équipage passait à côté de moi avec un bruit assourdi, Bianca a parlé à son père qui s'est retourné, dirigeant vers moi le regard de ses grandes lunettes noires. On aurait dit le visage d'un lion gris, sans crinière.

Sous l'emprise de l'émotion, perdant presque mes esprits, agité par les sentiments les plus contradictoires, je me suis écrié : « Compte sur moi !... » et : « ... jusqu'au dernier soupir !... » et j'ai tiré un coup de mon pistolet que j'avais sorti d'une poche intérieure.

XXVIII

Bien des indices permettent de croire que François-Joseph Ier était au fond un puissant et triste démiurge. Ses yeux étroits, petits boutons inexpressifs incrustés dans les deltas triangulaires des rides, n'étaient pas ceux d'un homme. La forme de son visage pris dans le cadre de favoris blancs brossés en arrière comme ceux des dragons japonais le faisait ressembler à un vieux renard morose. Vu de loin, apparaissant sur les hauteurs des terrasses de Schönbrunn et grâce à une disposition particulière des rides, ce visage semblait sourire. Vu de près, le sourire n'était qu'une grimace d'amertume d'un plat réalisme que n'éclairait pas la moindre lueur d'un idéal. Au moment où il avait paru sur la scène du monde, orné du panache vert de général, vêtu d'un manteau turquoise tombant jusqu'au sol, légèrement voûté et la main levée dans un salut militaire, le monde venait d'atteindre dans son évolution une heureuse limite. Ayant épuisé leur contenu dans des métamorphoses infinies, les formes pendaient sur les choses sans y adhérer, à moitié écaillées, mûres pour l'abandon. Le monde traversait une mue violente, sortait de l'œuf couvert de couleurs jeunes, pétillantes, inouïes, il défaisait avec bonheur tous les nœuds et toutes les entraves.

Il s'en était fallu de peu que la carte du monde, pièce d'étoffe couverte de taches de couleur, ne se fût envolée dans les airs, inspirée et ondoyante. François-Joseph Ier l'avait ressenti comme une menace personnelle. Son élément, c'était un monde endigué par des règlements, la prose, le pragmatisme de l'ennui. Son esprit était celui des chancelleries et des districts. Et, chose curieuse, ce vieillard sec, à la sensibilité émoussée, nullement attachant, avait réussi à tirer de son côté une bonne partie de la création. Avec lui, tous les bons pères de famille loyaux et prévoyants s'étaient sentis menacés et poussèrent un soupir de soulagement quand ce puissant démon se coucha de tout son poids sur les choses et freina l'envol du monde. François-Joseph Ier quadrilla le monde en lui imposant des rubriques, il régla son cours à l'aide de brevets, l'encadra de procédures et le prémunit contre un déraillement vers l'inconnu, l'aventureux, bref, vers l'incalculable.

François-Joseph Ier n'était pas ennemi d'une joie juste et pieuse. C'est lui qui, mû par une sorte de bonté prévoyante, avait imaginé pour le peuple la loterie royale-impériale, la clé des songes, les almanachs illustrés ainsi que les bureaux de tabac. Il avait unifié le service céleste : l'ayant vêtu d'un uniforme bleu symbolique, il avait lâché dans le monde, divisé en échelons et en grades, le personnel des légions des anges déguisés en facteurs, cheminots et agents du fisc. Le dernier de ces courriers célestes garde sur son visage un reflet de la sagesse séculaire empruntée au Créateur et un sourire de bonhomie condescendante encadré de favoris, même si ses pieds empestent la transpiration par suite d'épuisantes marches terrestres.

Mais qui a jamais entendu parler d'un complot déjoué au pied du trône, d'une grande révolution de palais étouffée dans l'œuf tout au début du glorieux règne du Tout-Puissant ? Les trônes non alimentés de sang se fanent, leur vitalité croît proportionnellement au mal commis, à la masse de vies refusées, de la diversité interdite et repoussée. Nous dévoilons ici des affaires mystérieuses, nous touchons aux secrets d'État scellés avec mille sceaux de silence. Le Démiurge avait un frère cadet qui ne lui ressemblait en rien. Qui n'a pas un frère cadet, sous une forme ou une autre, qu'il suit comme une ombre, frère antithèse, partenaire d'un dialogue éternel ? Selon une certaine version de l'histoire, il n'était qu'un cousin, selon une autre, il n'avait jamais existé. On aurait seulement déduit son existence des appréhensions, des rêves du Démiurge qui parlait dans son sommeil. Il se peut qu'il en ait fait lui-même une imitation grossière, qu'il lui ait substitué n'importe qui pour pouvoir jouer ce drame symbolique, répéter pour la nième fois, rituellement, l'acte originel et fatal, inépuisable malgré ses milliers d'incarnations. Cet antagoniste malheureux, né facultativement, défavorisé d'office, si l'on peut dire, en raison du rôle qui lui incombait, s'appelait archiduc Maximilien. Ce nom, même prononcé à voix basse, fait circuler dans nos veines un sang nouveau, plus clair et plus rouge, couleur de l'enthousiasme, de la laque des lettres cachetées et du crayon qui avait tracé les télégrammes heureux de là-bas. Il avait les joues roses et des yeux bleus rayonnants, tous les cœurs s'élançaient vers lui, les hirondelles lui coupaient le chemin avec des cris de joie, l'entouraient de guillemets vibrants. Démiurge lui-même l'aimait en cachette tout en calculant sa perte. Il l'avait d'abord nommé Grand Amiral de la Flotte du Levant, espérant qu'en courant l'aventure sur les mers du Sud il se noierait misérablement. Mais bientôt il conclut une convention secrète avec Napoléon III qui, perfidement, entraîna Maximilien dans l'expédition mexicaine. Tout avait été combiné. Tenté par le mirage d'un monde nouveau et heureux qu'il construirait sur les bords du Pacifique, le jeune homme plein d'ardeur et d'imagination renonça à tous les droits au trône et à l'héritage des Habsbourg. Sur *Le Cid*, paquebot des lignes maritimes françaises, il fonça droit dans le piège tendu. Les dossiers de ce complot ne virent jamais la lumière du jour.

Ainsi avait disparu le dernier espoir des mécontents. Après la mort de Maximilien, François-Joseph Ier proscrivit le rouge sous prétexte de deuil de cour. Le noir et le jaune devinrent les couleurs officielles. La couleur amarante, étendard de l'enthousiasme, ne battit plus que secrètement dans certains cœurs. Pourtant le Démiurge ne réussit pas à l'extirper entièrement de la nature. N'est-elle pas virtuellement présente dans la lumière du soleil ? Il suffit de fermer les paupières pour voir des vagues de couleur amarante. Des taureaux menés dans les rues de la ville, une pièce de toile sur les cornes, voient comme des lambeaux flamboyants et penchent la tête prêts à se jeter sur des toréadors imaginaires qui fuient en panique à travers les arènes en feu.

Parfois pendant toute une journée le soleil éclate derrière des monceaux de nuages aux contours rutilants et chromatiques, où le rouge, rompant le dessin, apparaît le long de toutes les crêtes. Les gens marchent alors les yeux fermés, éblouis comme par des explosions de fusées, de feux de Bengale et de tonneaux de poudre. En fin d'après-midi la canonnade du ciel faiblit, l'horizon s'arrondit, embellit encore en se remplissant d'azur, boule de verre renfermant un panorama du monde en miniature, au-dessus duquel, couronnement suprême, les nuages se rangent en éventail, rouleaux de médailles dorées ou son de cloches, litanies couleur de rose.

Les gens s'attroupent sur la place du marché, silencieux sous l'immense coupole lumineuse, constituant sans le savoir des groupes du grand finale immobile, une scène d'attente recueillie, les nuages s'élèvent de plus en plus roses, au fond de tous les yeux, et il y a un grand calme et un reflet de la clarté lointaine ; soudain, lorsqu'ils attendent ainsi, le monde atteint le zénith, son ultime perfection. Les jardins s'ordonnent à l'intérieur de la coupe cristalline de l'horizon, la verdure du mois de mai mousse, bouillonne et déborde, les collines prennent la forme des nuages : ayant atteint le sommet, la beauté du monde s'envole pour entrer dans l'éternité.

Et tandis que les gens restent encore immobiles, la tête penchée, envoûtés par le grand envol lumineux du monde, celui que l'on attendait inconsciemment sort en courant de la foule, messager hors d'haleine, tout rose, vêtu d'un beau tricot framboise, paré de clochettes, de médailles et de décorations. Il traverse la place toute propre, bordée de la foule silencieuse, encore plein d'élan et d'annonciation, supplément imprévu, résultat heureux d'une journée éclatante. Il fait le tour de la place une fois, deux fois, sept fois, accomplissant de beaux cercles mythologiques, bien courbes, bien dessinés. Il court sans hâte, les paupières baissées, comme honteux, les mains sur les hanches. Son ventre un peu lourd tressaute au rythme de ses pas. Sur son visage empourpré par l'effort brille la sueur, tandis que les médailles, les décorations et les clochettes, harnais de noces, bondissent et tintent sur sa poitrine bronzée. On le voit au loin, dans un tournant parabolique, il approche au son des clochettes, beau comme un dieu, incroyablement rose, le torse immobile, le regard en coin, chassant à coups de fouet la meute de chiens qui l'assaillent en aboyant.

Alors, désarmé par l'harmonie générale, François-Joseph Ier proclame une amnistie tacite, il permet le rouge, il le permet pour cette unique soirée de mai, sous une forme diluée et douceâtre, et —

réconcilié avec le monde et avec son antithèse — il se montre au peuple à l'une des fenêtres de Schönbrunn ; à ce moment-là, on le voit dans le monde entier, depuis tous les horizons où, autour des places de marché bien balayées, bordées d'une foule silencieuse, courent des athlètes roses. Il apparaît comme une immense apothéose royale-impériale sur le fond des nuages, en redingote turquoise, avec le ruban de Grand Maître de l'Ordre de Malte, ses mains gantées appuyées sur la balustrade de la fenêtre, les yeux rétrécis dans une grimace imitant le sourire au milieu des deltas de rides : ses yeux, deux boutons bleus sans bonté et sans grâce. Il se tient debout, renard aigri maquillé en image de la bonté, une imitation du sourire sur son visage sans humour ni génie.

XXIX

Après de longues hésitations, je racontai à Rodolphe les événements des jours derniers. Je ne pouvais plus garder pour moi ce secret qui me montait à la gorge. Le visage brusquement assombri, Rodolphe m'accusa de mensonge, sa jalousie éclata enfin au grand jour. De la blague que tout cela, une blague éhontée, criait-il en arpentant la pièce et en levant les bras au ciel. Exterritorialité ! Maximilien ! Mexique ! Ah ! Ah ! Plantations de coton ! C'en était assez, c'était fini, il n'admettrait pas que son album soit utilisé à de pareilles entreprises. Finie l'association. Le contrat était dénoncé. Il s'arrachait les cheveux. Il était hors de lui, prêt à tout.

Je tentai de m'expliquer, de le calmer, j'étais très effrayé. Je lui accordai qu'en effet l'affaire à première vue paraissait incroyable. Moi-même, disais-je, j'en étais stupéfait. Rien d'étonnant qu'il refuse de l'admettre, lui qui n'y était pas préparé. J'en appelai à son cœur et à son honneur. En son âme et conscience, pouvait-il me refuser son aide, juste maintenant où l'affaire entrait dans sa phase décisive, allait-il tout faire échouer en me retirant sa participation ? Enfin, je m'engageai à lui prouver à l'aide de l'album que tout était vérité pure, mot pour mot.

Un peu apaisé, il ouvrit l'album. Je n'avais jamais parlé avec autant d'éloquence et de feu, je me surpassai moi-même. Arguant des timbres, je repoussai tous les reproches, dissipai tous les doutes et, allant au-delà, j'arrivai à des conclusions si révélatrices que je me trouvai moi-même ébloui devant les perspectives qu'elles ouvraient. Rodolphe se taisait, convaincu, il n'était plus question de rompre notre association.

XXX

Est-ce vraiment le fait du hasard si un musée de figures de cire, un grand théâtre d'illusion, arriva à ce moment-là dans notre ville, une troupe extraordinaire qui prit ses quartiers place de la Sainte-Trinité ? Je l'avais prévu depuis longtemps et l'annonçai triomphalement à Rodolphe.

Le soir était venteux, inquiet. Il y avait de la pluie dans l'air. Sur l'horizon jaune et fade, le jour s'apprêtait au départ, étendant ses bâches grises sur le cortège de nuages qui s'en allaient à la queue leu leu vers des au-delà frais et nocturnes. Les dernières traînées lointaines du soleil couchant apparurent encore un instant, tombant sur une plaine miroitante de grands lacs. Un reflet jaune, terrifié, déjà condamné, coupa en biais une moitié du ciel, le rideau tombait vite, les toits brillaient d'une pâle lueur humide, la nuit s'abattait sur la ville et quelques instants plus tard les gouttières se mirent à chanter un air monotone.

Le musée était déjà éclairé. Dans le crépuscule rapide et anxieux, dans la lumière fauve du jour finissant, les gens se pressaient, silhouettes sombres sous des parapluies ouverts, devant l'entrée de la tente où ils payaient avec respect leur place à une dame décolletée, colorée, scintillante, ornée de bijoux et portant une couronne dorée dans la bouche, buste vivant, lacé et peint, disparaissant dans l'ombre de tentures de velours.

Franchissant les portières écartées, nous pénétrâmes dans l'espace éclairé. Il y avait déjà du monde. Des groupes en manteaux trempés par la pluie, les cols relevés, flânaient en silence, s'arrêtaient pour former des demi-cercles recueillis. Parmi eux, je reconnus sans mal les autres, ceux qui en apparence faisaient encore partie du même monde mais en réalité menaient une vie séparée, embaumée, une vie de représentation placée sur un praticable, exposée aux regards, endimanchée et vide. Ils se tenaient debout dans un silence terrifiant, vêtus de redingotes solennelles, de vestons et de jaquettes en drap de bonne qualité, cousus sur mesure. Ils étaient très pâles, avec sur les joues des plaques rouges laissées par leur dernière maladie, dont ils étaient morts, et les yeux brillants.

Depuis longtemps, il n'y avait plus une pensée dans leurs têtes, seulement l'habitude de s'exhiber de tous les côtés, le vice de se donner en représentation qui les soutenait dans ce dernier effort. Ils auraient dû être déjà au lit, après avoir avalé une cuillerée de médicament, enveloppés dans des draps frais, les yeux fermés. C'était un abus que de les obliger à rester si tard sur leurs socles et leurs chaises où ils se tenaient raides, les pieds gainés de chaussures vernies, infiniment distants de leur vie de jadis, entièrement privés de mémoire. Depuis qu'ils avaient quitté la maison des fous où, considérés comme des maniaques, ils avaient séjourné un certain temps au purgatoire avant de franchir le seuil ultime, de leur bouche pendait, comme la langue d'un étranglé, leur dernier cri. Non, ce n'étaient pas des Dreyfus, des Edison ni des Lucceni tout à fait authentiques, mais dans une certaine mesure des simulateurs. Peut-être étaient-ils en effet des fous pris en flagrant délit, au moment même où cette éblouissante idée fixe les avait possédés, où leur folie était vérité ; habilement isolée, pure comme un élément et déjà immuable, elle était devenue le pivot de leur nouvelle existence. Depuis lors, ils n'avaient que cette seule pensée-exclamation en tête et ils s'appuyaient sur elle, un pied en l'air, figés en plein vol.

Passant d'un groupe à l'autre, je le cherchais des yeux avec angoisse. Enfin je le trouvai, non point vêtu de l'uniforme imposant de l'Amiral de la Flotte du Levant, qu'il portait au moment de quitter Toulon sur *Le Cid*, ni de l'habit vert de général de cavalerie, qu'il revêtait volontiers à la fin de ses jours. Il était habillé d'une redingote aux pans longs et plissés, d'un pantalon clair, un faux col haut avec plastron lui soutenait le menton. Nous nous arrêtâmes tous les deux, Rodolphe et moi, saisis d'émotion et de respect, mêlés au groupe d'hommes qui faisaient un cercle autour de lui. Soudain, je me sentis glacé jusqu'à la moelle. À trois pas de là, au premier rang des spectateurs, je vis Bianca, en robe blanche, accompagnée de sa gouvernante. Elle regardait. Son visage amaigri était très pâle, ses yeux cernés, remplis d'ombre, avaient une expression de tristesse mortelle.

Elle se tenait immobile, ses petites mains croisées cachées dans les plis de sa robe, les yeux pleins de deuil sous la ligne sévère des sourcils. Mon cœur se crispa douloureusement. Je suivis machinalement son regard, et voici ce que je vis : son visage à lui s'anima, s'éveilla, un sourire releva les coins de sa bouche, ses yeux brillèrent et se mirent à bouger dans leurs orbites, un soupir souleva sa poitrine où étincelaient des médailles. Ce n'était pas un miracle, mais un truc purement technique. Une fois remonté, l'archiduc assistait aux cercles selon le principe de son mécanisme, cérémonieusement, avec art, comme il en avait eu l'habitude de son vivant. Son regard attentif faisait le tour de l'assistance, s'arrêtant sur chacun séparément.

Ainsi se rencontrèrent leurs regards. Il frémit, hésita, avala sa salive comme s'il allait parler, mais bientôt, obéissant à la mécanique, il détourna les yeux et son regard continua de glisser sur d'autres visages, avec toujours le même sourire intimidant et radieux. Avait-il noté la présence de Bianca ? Son cœur en avait-il été atteint ? Qui pouvait le savoir ? Il n'était pas lui-même au sens propre du terme, à peine un sosie éloigné de sa vraie personne, très diminué et dans un état de profonde prostration. Mais si l'on s'en tenait aux faits, il fallait admettre qu'il était, disons, son propre parent, voire peut-être lui-même, dans la mesure où cela était encore possible si longtemps après sa mort. Il lui était sans doute difficile, pour cette résurrection en cire, de rentrer exactement dans sa peau. Malgré lui, il s'était nécessairement glissé en lui à cette occasion quelque chose de nouveau, de menaçant, quelque chose d'étranger, procédant de la folie du génial maniaque qui l'avait conçu, et cela ne pouvait que remplir Bianca de terreur. Si un homme gravement malade ressemble peu à celui qu'il a été jadis, que dire d'un ressuscité malgré lui ? Comment se comportait-il maintenant en face de cet être issu de son sang ? Avec une feinte gaieté, en forçant la note, il jouait sa comédie d'empereur-bouffon, souriant et superbe. Était-il amené à tant de dissimulation sous les regards qui le guettaient dans cet hôpital de figures de cire où ils vivaient tous sous la menace des rigueurs de l'asile, avait-il si peur des surveillants qui l'épiaient de tous les côtés ? Péniblement sorti d'une folie, propre, guéri et enfin sauvé, tremblait-il d'être à nouveau précipité dans le désordre, dans le chaos ?

Quand mon regard retrouva Bianca, elle avait caché son visage dans un mouchoir. La gouvernante lui entourait les épaules d'un bras, ses yeux d'émail, vides, brillaient. Je ne pouvais plus supporter la douleur de Bianca, les sanglots me serraient la gorge, je tirai Rodolphe par la manche. Nous nous dirigeâmes vers la sortie.

Derrière notre dos, l'ancêtre grimé, le grand-père à la fleur de l'âge continuait d'envoyer à la ronde son salut rayonnant et souverain ; dans un surcroît de zèle il avait même levé le bras, jetant presque, du fond de son silence immobile, des baisers sur notre trace. Au milieu du grésillement des lampes à acétylène et du doux bruissement de la pluie sur les toiles de la tente, il se dressait sur la pointe des pieds avec effort, tout à fait malade et, comme eux tous, aspirant au linceul.

Dans le vestibule, le buste maquillé de la caissière nous adressa la parole, ses diamants et sa couronne dentaire scintillaient sur le fond des draperies magiques. Nous sortîmes dans la nuit ruisselante et tiède. L'eau dégoulinait des toits luisants, les gouttières pleuraient d'une voix monotone. Nous nous mîmes à courir à travers le clapotement de l'averse éclairée par des réverbères qui tintaient sous la pluie.

XXXI

Ô profondeur de la félonie humaine, ô intrigue infernale ! Dans quel esprit avait pu naître cette idée qui dépassait les rêves les plus fous ? Plus j'approfondis son insondable bassesse, plus j'admire dans ce complot criminel la perfidie sans borne, l'éclat du génie du mal.

Ainsi, le pressentiment ne m'avait pas trompé. Ici, chez nous, sous des apparences de légitimité, à une époque de paix générale et de validité des traités internationaux, un crime à vous faire dresser les cheveux sur la tête était perpétré. Un sombre drame se jouait au milieu d'un silence absolu, si bien dissimulé que personne ne pouvait le deviner ni le dépister sous les apparences innocentes de ce printemps. Qui aurait soupçonné qu'entre ce mannequin bâillonné, muet, roulant les yeux, et Bianca, si délicate, si bien élevée, se jouait une tragédie de famille ? Qui était Bianca ? Devons-nous enfin lever le voile du secret ? Qu'importe si elle ne descendait pas de l'impératrice légitime du Mexique, ni même de l'épouse morganatique, Isabelle d'Orgaz, dont la beauté avait séduit l'archiduc lorsqu'elle lui était apparue sur la scène d'un opéra ambulant ?

Qu'importe si sa grand-mère était cette petite créole qu'il appelait tendrement Conchita et qui sous ce nom est entrée dans l'histoire, par l'escalier de service si l'on peut dire ? Les renseignements que je pus glaner sur elle dans l'album des timbres se laissent résumer en peu de mots :

Après la chute de l'empereur, Conchita partit avec sa petite fille pour Paris où elle vécut de sa rente de veuve, inébranlablement fidèle à son impérial amant. L'histoire perd ici la trace de ce personnage émouvant ; restent des conjectures et des intuitions. Nous ne savons rien du mariage de sa fille ni de son sort à elle. En revanche, en 1900, une certaine Madame de V., personne d'une extraordinaire beauté exotique, accompagnée de son mari et de sa petite fille, quitte la France pour l'Autriche, munie d'un faux passeport. À Salzbourg, à la frontière bavaroise, au moment où elle allait monter dans le train de Vienne, toute la famille est arrêtée par des gendarmes autrichiens. Chose étrange, après vérification de ses faux papiers, Monsieur de V. est relâché, pourtant il ne fait aucune démarche pour essayer de libérer sa femme et sa fille. Le jour même, il repart pour la France et disparaît sans laisser de trace. Ici, tous les fils se perdent complètement. Avec quel enthousiasme les retrouvai-je à nouveau, jaillissant en traits de feu des pages de l'album ! Mon mérite et ma découverte sont d'avoir identifié le nommé de V. comme un personnage très suspect, connu sous un tout autre nom et dans un tout autre pays. Mais chutt !... Pas un mot là-dessus pour le moment. Qu'il nous suffise de savoir que la généalogie de Bianca est établie sans aucun doute possible.

XXXII

Voilà pour l'histoire. Mais l'histoire officielle n'est pas complète. Il y a en elle des vides voulus, de longues pauses et des silences où le printemps s'installe aussitôt. Il a vite fait de remplir les blancs avec les feuilles qu'il répand sans compter ; les absurdités des oiseaux, leurs controverses mensongères et leurs répétitions obstinées, leurs questions naïves auxquelles il n'y a pas de réponse brouillent les pistes. Il faut beaucoup de patience pour retrouver le texte dans tout cet enchevêtrement. Seule y mène une analyse grammaticale du printemps, de ses phrases et de ses périodes : qui ? que ? quoi ? Il s'agit d'éliminer le papotage confus des oiseaux, leurs adverbes et prénoms aigus, leurs pronoms personnels faciles à effaroucher, pour dégager petit à petit la graine du sens. L'album de timbres m'est ici un guide précieux. Stupide, simpliste printemps ! Il s'étale sur les choses sans discernement, confondant le rêve et la sottise, toujours en train de faire des pitreries, l'air de rien, infiniment nonchalant. Serait-il lui aussi un allié de François-Joseph Ier, serait-il lui aussi du complot ? Il ne faut pas oublier que la moindre once de bon sens qui pointe dans ce printemps est immédiatement assourdie par le babillage absurde et saugrenu. Les oiseaux effacent les traces, emmêlent les calculs en mettant partout une ponctuation erronée. C'est ainsi que la vérité est chassée par ce printemps exubérant qui fait pousser des fleurs et des feuilles sur chaque pouce de terrain, dans le moindre creux. La vérité honnie, où iraitelle se réfugier si ce n'est là où personne ne la cherche : dans les almanachs et les calendriers populaires, dans les cantiques de mendiants dont le texte descend en ligne directe d'un album de timbres ?

XXXIII

Après des semaines ensoleillées, une série de journées nuageuses et chaudes est venue, le ciel s'est assombri comme sur les vieilles fresques, dans un silence étouffant les nuages s'amoncellent, champ de bataille tragique de l'école napolitaine. Sur le fond de ces tourbillons bruns ou couleur de plomb, les maisons brillent d'une blancheur violente, encore soulignée par les ombres nettes des corniches et des pilastres. Les gens marchent la tête basse, remplis d'obscurité.

Bianca ne vient plus au jardin. On la surveille sans doute, on l'empêche de sortir. Ils ont flairé le danger.

J'ai vu aujourd'hui en ville un groupe de messieurs, en habits noirs et hauts-de-forme, traversant la place du marché d'un pas mesuré de diplomates. Les plastrons blancs de leurs chemises brillaient dans l'air bleuâtre. Ils examinaient les maisons comme s'ils en évaluaient la valeur. Ils avançaient lentement. Leurs visages étaient rasés de près, leurs moustaches noires comme du charbon, leurs yeux brillants et expressifs. Parfois ils ôtaient leurs chapeaux pour éponger leurs fronts trempés de sueur. Tous grands, minces, d'âge moyen, avec des visages basanés de gangsters.

XXXIV

Le temps se couvre de plus en plus, les journées sont sombres et grises. L'orage lointain pèse jour et nuit sur l'horizon, sans éclater en averse. Au milieu d'un grand silence, un souffle traverse parfois l'air d'acier, odeur de la pluie, brise humide.

Mais bientôt, de nouveau d'immenses soupirs montent des jardins où les feuillages s'épaississent toujours. Les drapeaux pendent inertes, ternis, déversant dans l'air épais les dernières vagues de couleur. Parfois au coin d'une rue quelqu'un tourne vers le ciel un profil découpé dans l'ombre, un œil épouvanté et luisant, il écoute le bruit des espaces infinis. Les hirondelles noires et blanches, flèches pointues et frémissantes, coupent en tranches le fond de l'air.

L'Équateur et la Colombie annoncent la mobilisation générale. Au milieu d'un silence menaçant, des bataillons d'infanterie se pressent sur les quais du port, pantalons blancs, baudriers blancs croisés sur la poitrine. Le capricorne chilien s'est cabré. On le voit le soir sur le fond du ciel, animal pathétique, figé d'horreur, les sabots en l'air.

XXXV

Les journées s'abîment dans l'ombre et le songe. Le ciel s'est fermé, barricadé, l'orage y monte de plus en plus noir, le ciel bas se tait. La terre brûlée ne respire plus. Seuls les jardins poussent à en perdre haleine, inconscients et ivres ils prodiguent des feuilles, ils recouvrent de leur substance fraîche toutes les crevasses. (Les bourgeons étaient gluants, douloureux et purulents, à présent la verdure les guérit, les cicatrise. Elle a déjà recouvert et assourdi l'appel égaré du coucou, on n'entend plus qu'une voix étouffée, perdue dans des couloirs profonds, disparaissant sous l'avalanche de l'épanouissement heureux.)

Pourquoi les maisons brillent-elles ainsi dans le paysage assombri ? Plus s'estompe le bruit des jardins, et plus la blancheur des murs devient aveuglante.

Les chiens courent comme ivres, le nez en l'air. Bouleversés, surexcités, ils flairent, ils fouinent dans la verdure vaporeuse.

Il y a quelque chose qui essaie de fermenter dans le bruissement condensé de ces journées nuageuses, quelque chose d'extraordinaire, d'immense. Je cherche, j'essaie de deviner quel événement pourrait correspondre à cette attente qui s'épaissit, qui devient une charge énorme, à cette baisse de pression barométrique.

Quelque part au monde grandit et prend de l'importance ce pour quoi la nature a préparé ce moule, ce hiatus sans un souffle, que le parfum des lilas n'arrive pas à remplir.

XXXVI

Des Nègres, des Nègres, des foules de Nègres dans la ville! On les a vus ici et là, à différents endroits en même temps! Ils courent dans les rues, bande déguenillée et criarde, ils envahissent les magasins d'alimentation, ils les dévastent. Plaisanteries, rires, bourrades, le blanc des yeux, les yeux qui roulent, sons gutturaux et dents blanches, brillantes. Le temps de mobiliser la police, ils ont disparu.

Je l'avais pressenti, c'était fatal. Conséquence inévitable de la pression atmosphérique. Maintenant seulement je perçois ce que j'avais senti depuis le début : ce printemps est doublé de Nègres.

Des Nègres dans ce climat? D'où viennent-elles, ces hordes en pyjamas de coton rayé? Le grand Barnum aurait-il installé son camp dans les parages, avec son cortège innombrable d'hommes, d'animaux et de démons, ses trains seraient-ils arrêtés non loin de là, remplis du vacarme des anges, de bêtes étrangères et d'acrobates ? Non, non. Barnum est loin. Mes soupçons vont dans une tout autre direction. Mais je ne dirai rien. C'est pour toi que je me tais, Bianca, et nulle torture ne pourrait m'arracher un aveu.

XXXVII

Ce jour-là je m'étais habillé longuement et avec soin. Enfin, déjà prêt, je composai mon visage en lui donnant une expression de fermeté implacable. Je vérifiai mon arme avant de la glisser dans la poche revolver. Encore un coup d'œil dans le miroir, un geste de la main frôlant la redingote sur ma poitrine où étaient cachés les documents. J'étais prêt à l'affronter.

Je me sentais calme et décidé à tout. Ne s'agissait-il pas de Bianca ? Pour elle, de quoi n'aurais-je pas été capable ! J'avais résolu de ne rien confier à Rodolphe. À mesure que je l'observais, mon opinion se confirmait : il était un oiseau de bas vol, incapable de s'élever au-dessus du commun. J'en avais assez de ce visage figé, consterné, pâle d'envie, avec lequel il accueillait mes révélations.

Le chemin était court, je le parcourus plongé dans mes pensées. Dès que la grande grille en fer forgé se fut refermée derrière moi, je me trouvai dans un climat différent, dans une région étrangère et fraîche de la grande année. Les branches noires des arbres délimitaient un temps à part, leurs cimes encore nues pointaient vers un ciel blanc et haut qui glissait au-dessus d'elles, ciel d'une autre latitude, étroitement délimité par des allées, coupé du monde et oublié comme un golfe sans issue. Les voix des oiseaux, voilées et perdues dans les espaces, dessinaient le contour d'un silence lourd et gris, reflété à l'envers dans l'eau calme du bassin, et le monde se précipitait aveuglément dans ce reflet, dans ce songe immense, vrilles des arbres à l'envers fuyant à l'infini, grande pâleur mouvante sans terme et sans limite.

La tête haute, froid et tout à fait maître de moi, je me fis annoncer. On m'introduisit dans un hall à demi obscur. Il y régnait une pénombre frémissante d'un luxe discret. Par une fenêtre ouverte, orifice d'une flûte, entraient des bouffées de l'air du jardin, légèrement parfumé comme l'air d'une chambre de malade. Le souffle invisible pénétrant à travers les rideaux doucement gonflés animait les objets qui se réveillaient dans un soupir, des arpèges angoissés parcouraient les rangs de verres de Venise dans une grande vitrine, les feuilles des papiers peints bruissaient, inquiètes et argentées.

Puis les murs s'éteignaient, se replongeaient dans la pénombre, et leur songe tendu, depuis longtemps enserré au milieu de ces tiges, éclatait brusquement dans un délire d'arômes ; ainsi, à travers les pampas desséchées de vieux herbiers passent des vols de colibris et des troupeaux de bisons, des incendies de steppes et des cavaliers, un scalp attaché à la selle.

Étrange. Ces vieux intérieurs ne peuvent jamais trouver la paix au-dessus de leur passé sombre et agité : dans leur silence, des histoires accomplies, révolues, essaient toujours de se jouer à nouveau, des situations toujours les mêmes composent des variantes infinies, tournées et retournées par la dialectique stérile des papiers peints. Leur silence pourri et démoralisé se décompose au cours de méditations solitaires et parcourt les murs en y provoquant d'obscurs éclairs. Pourquoi le cacher ? N'avait-on pas eu à calmer ici, chaque nuit, des émotions trop violentes, des paroxysmes de fièvre qu'arrêtaient des injections de drogues secrètes conduisant dans des paysages vastes, calmes et doux, au-delà des papiers peints, où brillaient les reflets des eaux lointaines ?

J'entendis un bruit. Précédé par le valet, il descendait l'escalier, court et trapu, avec des gestes sobres, paraissant aveugle derrière le reflet de ses grandes lunettes à monture d'écaille. Pour la première fois je me trouvai face à face avec lui. Il était impénétrable, mais dès que j'eus prononcé les premières paroles, je vis non sans satisfaction deux rides de chagrin et d'amertume creuser son visage. Tandis que, protégé par le rempart de ses lunettes, il se confectionnait le masque d'une suprême invulnérabilité, je vis se faufiler dans les plis de ce masque la pâle épouvante. Petit à petit, il parut intéressé ; à son expression attentive je compris que maintenant seulement il commençait à m'apprécier à ma juste valeur. Il me fit entrer dans son bureau situé à côté du hall. Au moment où nous entrions, une silhouette de femme s'écarta, effrayée comme si elle avait écouté aux portes, et s'éloigna vers le fond de la maison. Était-ce la gouvernante ? En franchissant le seuil de la pièce, il me sembla que j'entrais dans une jungle. Il y régnait un crépuscule glauque rayé par les ombres des persiennes fermées. Les murs étaient couverts de tableaux de botanique, dans de grandes cages s'ébattaient de petits oiseaux de toutes les couleurs. Voulant sans doute gagner du temps, il se mit à m'expliquer les armes primitives, javelots, boomerangs et tomahawks disposés sur les murs. Mon odorat sensible me permit de déceler l'odeur du curare. Au moment où il manipulait une espèce de hallebarde barbare, je lui recommandai la plus grande précaution et, à l'appui de ma mise en garde, je sortis brusquement mon pistolet. Un peu surpris, il déposa son arme avec un sourire désagréable. Nous nous assîmes autour d'un énorme bureau d'ébène. Je refusai le cigare qu'il m'offrit, en alléguant mon abstinence. Tant de précautions me valurent enfin son approbation. Le cigare dans un coin tombant de sa bouche, il m'observait avec une sombre bienveillance qui me laissait méfiant. Il sortit un carnet de chèques et — tout en le feuilletant avec un semblant d'indifférence — il me proposa brusquement un compromis, avançant un chiffre aux zéros multiples, tandis que ses prunelles glissaient au coin des yeux. Mon sourire ironique lui fit abandonner ce sujet. Il poussa un soupir et ouvrit les registres de comptes. Il entreprit de m'expliquer l'état des affaires. Le nom de Bianca ne fut pas une seule fois prononcé, bien qu'elle-même fût présente dans chacune de nos paroles. Je le regardais sans broncher, le sourire ironique ne quittait pas mes lèvres. Enfin, épuisé, il retomba dans son fauteuil. « Vous êtes intraitable, murmura-t-il comme se parlant à lui-même, que voulez-vous au fond ? » Je me mis à parler d'une voix étouffée, avec un feu contenu. Le rouge me montait aux joues. À plusieurs reprises je prononçai le nom de Maximilien et je remarquai que chaque fois la pâleur de mon interlocuteur s'accentuait. Je m'arrêtai enfin, respirant lourdement. Accablé, il restait immobile. Il ne surveillait plus son visage, soudain vieux et fatigué. « Les décisions que vous aurez prises me diront si vous avez compris le nouvel état des choses et si vous êtes prêt à le reconnaître. J'exige des faits, rien que des faits... »

Il tendit une main tremblante vers la sonnette. Je l'arrêtai d'un geste et, le doigt sur la détente du pistolet, je sortis à reculons. Dans le hall, le valet me tendit mon chapeau. Je me retrouvai sur la terrasse inondée de soleil, les yeux encore remplis d'obscurité et de vibrations. Je descendis l'escalier sans me retourner, triomphant et certain qu'à présent aucun canon de fusil meurtrier ne me visait derrière l'une des persiennes fermées du château.

XXXVIII

Des affaires graves, des affaires d'État de la plus haute importance m'obligent à présent à avoir avec Bianca de fréquentes conférences secrètes. Je m'y prépare consciencieusement, travaillant tard dans la nuit à mon bureau, plongé dans tous ces problèmes dynastiques d'une nature particulièrement délicate. Le temps s'écoule, la nuit s'arrête silencieuse au halo de la lampe devant la fenêtre ouverte, nuit avancée et solennelle ; de plus en plus sombre, désemparée et impuissante, elle pousse à ma fenêtre des soupirs ineffables. À longues gorgées lentes ma chambre aspire les fourrés du parc, elle se remplit d'obscurité mêlée au semis des graines volantes, aux pollens sombres et aux papillons de velours silencieux qui survolent les murs au rythme d'affolements inaudibles. Les forêts vierges des papiers peints se hérissent d'angoisse, à travers les feuilles d'argent se glissent des frayeurs léthargiques, des extases, des frissons et des terreurs qui remplissent la nuit de mai. Sa faune de verre, plancton léger de moustiques, me frôle tandis que je me penche sur mes papiers ; elle incruste dans l'espace sa blanche broderie écumante et précieuse. Des sauterelles et des éphémères, farfadets de verre, fins monogrammes, arabesques imaginées par la nuit, viennent se poser sur les feuillets, de plus en plus grands et fantastiques, aussi grands que les chauves-souris, que les vampires, produits de l'air et de la calligraphie. Le long du rideau grouille cette dentelle mouvante, invasion silencieuse d'une faune blanche imaginaire.

Une telle nuit, qui ignore ses propres limites, fait perdre son sens à la notion de l'espace. Entouré de la danse virevoltante des insectes, une pile de papiers enfin prêts sous le bras, je fais quelques pas dans une direction indéterminée, dans l'impasse de la nuit fermée par une porte blanche, la porte de la chambre de Bianca. J'appuie sur la poignée et j'entre chez elle comme si je passais d'une pièce dans une autre. Malgré cela, au moment où je franchis le seuil, les bords de mon chapeau noir de carbonaro battent dans le vent d'une longue marche, la soie de ma cravate liée en un nœud fantastique bruisse dans les courants d'air, je serre contre ma poitrine ma serviette bourrée de documents ultra-secrets. J'ai l'impression, après avoir franchi son vestibule, d'entrer dans le centre de la nuit. Comme on respire profondément ! Ici, c'est le noyau, le cœur de la nuit gorgée de jasmin. Une grande lampe brûle au chevet du lit. Dans l'ombre rose de son abat-jour Bianca repose au milieu d'énormes oreillers, portée par les draps en crue comme par la marée montante de la nuit. La fenêtre est ouverte, Bianca lit, la tête appuyée sur son bras blanc. Je m'incline profondément, elle me répond par un bref regard, détachant pour une seconde les yeux de son livre. Vue de près, sa beauté semble se contrôler, on dirait qu'elle se retire. Avec une joie sacrilège je note que le dessin de son petit nez est loin d'être noble et son teint loin d'être parfait. Je m'en aperçois avec un certain soulagement, bien que je sache que si elle efface ainsi son éclat, c'est uniquement par une sorte de pitié, pour ne pas me couper le souffle et la parole. Avec l'éloignement, sa beauté se régénère et devient vite douloureuse, démesurée et insupportable.

Encouragé par son geste, je m'assieds auprès du lit et je commence mon rapport en me servant des documents que j'ai préparés. Par la fenêtre ouverte au-dessus de la tête de Bianca, les bruits affolants du parc entrent à flots. Des cortèges d'arbres, toute une forêt pénètre à travers les murs, omniprésente, enveloppante. Bianca m'écoute avec quelque distraction. Au fond, il est irritant qu'elle ne s'arrête pas de lire. Elle me laisse exposer chaque problème sous tous ses aspects, démontrer tous les pour et les contre, puis, levant les yeux, elle bat des paupières, l'air un peu absent, et tranche la question vite, superficiellement mais avec une justesse étonnante. Attentif à chacune de ses paroles, j'écoute ardemment le son de sa voix afin de percer son intention cachée. Puis je lui soumets humblement des décrets, elle les signe, et ses cils jettent de longues ombres sur ses joues, puis elle me regarde avec un soupçon d'ironie quand je les contresigne.

Il se peut que l'heure tardive — bien après minuit — ne favorise pas la concentration sur les affaires de l'État. Passé la dernière frontière, la nuit prend la pente d'un certain relâchement. Tandis que nous causons, l'illusion de la chambre s'estompe de plus en plus, nous sommes réellement dans la forêt, des touffes de fougères envahissent tous les coins, juste derrière le lit pousse un mur de broussailles, mouvant, enchevêtré. De ce mur feuillu résultent dans la lumière de la lampe des écureuils aux grands yeux, des pics et des créatures nocturnes ; immobiles, ils regardent l'espace éclairé avec des yeux saillants. À partir d'un certain moment, nous entrons dans un temps illégal, dans une nuit incontrôlée, coupable de tous les excès, de toutes les fantaisies. Ce qui se passe est inattendu, futile, teinté d'infractions imprévisibles. C'est à cela uniquement que j'attribue le changement étrange qui se produit alors dans le comportement de Bianca. Elle, toujours si sérieuse et maîtresse d'elle-même, personnification d'une belle discipline, devient capricieuse et contrariante, elle a des réactions surprenantes. Des papiers s'éparpillent sur la grande plaine de sa couverture, Bianca les prend négligemment, y jette un coup d'œil distrait, puis les laisse glisser de ses doigts indifférents. La bouche maussade, son bras pâle sous la tête, elle diffère sa décision et me fait attendre. Ou bien elle me tourne le dos, se bouche les oreilles des deux mains, sourde à mes propositions et mes prières. Ou bien d'un geste brusque du pied elle fait tomber par terre tous les papiers et me regarde du haut de ses oreillers, les pupilles mystérieusement dilatées, quand je me penche très bas pour les ramasser et en secouer les aiguilles de pin. Ces caprices, d'ailleurs charmants, ne facilitent pas ma tâche de régent, difficile et lourde de responsabilités. Durant notre conversation, le bruissement de la forêt et l'odeur de jasmin font défiler à travers la chambre des paysages toujours nouveaux, toujours plus vastes. Il devient évident que depuis le début nous nous trouvons dans un train de nuit qui roule doucement le long d'un ravin dans une région boisée. De là vient ce souffle d'air enivrant et profond qui se prolonge dans une perspective infinie de pressentiments. Il y a même un contrôleur avec sa petite lampe, surgi d'on ne sait où parmi les arbres, il poinçonne nos billets. Nous nous enfonçons dans la nuit, des courants d'air font claquer les portes. Les yeux de Bianca semblent plus profonds, ses joues brûlent, un sourire charmant se dessine sur ses lèvres. Va-t-elle me confier un secret ? Elle parle de trahison et son visage s'enflamme, ses yeux se rétrécissent sous la montée du plaisir lorsque, en se tortillant sous la couverture comme un lézard, elle insinue que j'ai trahi, moi, la mission la plus sacrée. Elle sonde attentivement mon visage pâli de ses yeux doux qui brusquement se mettent à loucher. « Fais-le, murmure-t-elle avec insistance, fais-le. Tu deviendras l'un d'eux, l'un de ces Nègres... » Et lorsque, plein de désespoir, j'appuie un doigt sur mes lèvres d'un geste suppliant, une méchanceté soudaine se peint sur son visage. « Tu es ridicule avec ta fidélité, ta mission. Tu t'imagines Dieu sait quoi ! Tu te crois indispensable. Et si je choisissais Rodolphe ? Je le préfère mille fois à toi, ennuyeux pédant. Ah, lui il m'obéirait, il m'obéirait jusqu'au crime, jusqu'à s'effacer lui-même, à s'annihiler... »

Puis, l'air tout à coup triomphant, elle me demande : « Te rappelles-tu Lonine, la fille de la blanchisseuse Antoinette, avec qui tu jouais quand tu étais petit ? » Je la regarde stupéfait. « C'était moi, dit-elle en gloussant, seulement à l'époque j'étais encore garçon. Est-ce que je te plaisais en ce temps-là ? »

Ah, au beau milieu du printemps quelque chose craque et se défait. Bianca, Bianca, toi aussi faut-il que tu me déçoives ?

XXXIX

Je crains de dévoiler trop tôt mes derniers atouts. La mise trop élevée m'interdit un tel risque. Depuis longtemps j'ai cessé de rendre compte à Rodolphe du déroulement des événements. D'ailleurs son comportement a changé. La jalousie qui était le trait dominant de son caractère fait place à une certaine générosité. Une bienveillance empressée mêlée d'embarras se manifeste dans ses gestes et dans ses paroles maladroites lorsque nous nous rencontrons par hasard. Avant, derrière sa mine renfrognée d'homme taciturne, derrière sa réserve qui dissimulait une attente, il y avait en fait une curiosité dévorante, avide de détails nouveaux, d'une nouvelle version de l'affaire. À présent, il est étrangement apaisé, il ne désire plus rien apprendre de moi. Au fond je préfère cela, maintenant que chaque nuit j'ai ces conférences si importantes au musée des figures de cire, et qui doivent encore rester absolument secrètes. Les gardiens, assommés par la vodka que je leur offre en abondance, dorment du sommeil du juste tandis que je délibère au milieu de l'auguste assemblée, à la lueur de quelques bougies fumantes. Il y a parmi eux des têtes couronnées et ce n'est pas chose facile de traiter avec elles. Ils ont tous gardé leur héroïsme d'antan, aujourd'hui dénué de sens, la faculté de se consumer dans le feu d'un idéal, de jouer le tout pour le tout. La prose quotidienne a discrédité l'une après l'autre les idées pour lesquelles ils avaient vécu, et les voilà pleins d'une énergie inutile, les yeux brillants, le regard absent : ils attendent la dernière réplique de leur rôle. Il me serait bien facile de fausser cette réplique, de leur souffler la première idée venue — ils sont si crédules, si désemparés ! Cela rend ma tâche moins ardue. Mais, d'un autre côté, j'ai beaucoup de mal à atteindre leur esprit, à y faire jaillir l'étincelle d'une pensée, car le vent du néant souffle à travers leurs âmes. Rien que pour les réveiller de leur sommeil il m'a fallu faire un grand effort. Ils étaient tous étendus dans leurs lits, mortellement pâles et ne respirant pas. Je me penchai sur eux, je prononçai à voix basse les mots essentiels pour eux, les mots qui auraient dû les transpercer, les électriser. Ils ouvrirent un œil. Ils avaient peur des gardiens, faisaient semblant d'être sourds, d'être morts. C'est seulement une fois rassurés qu'ils se soulevèrent dans leurs lits, couverts de bandages, tout en pièces détachées, retenant des prothèses de bois, de faux poumons et des imitations de foies. Au début, ils s'étaient montrés très méfiants, ils essayaient de réciter les rôles qu'on leur avait appris. Il leur paraissait inconcevable que l'on pût leur demander autre chose. Et je les voyais immobiles, abrutis, poussant de temps en temps un gémissement, ces hommes superbes, fleur de l'humanité, ces Dreyfus et Garibaldi, Bismarck et Victor-Emmanuel Ier, Gambetta et Mazzini, et bien d'autres. L'archiduc Maximilien avait le plus de mal à comprendre. Quand, collé à son oreille, je murmurais, le répétant chaleureusement, le nom de Bianca, ses yeux papillotaient, un grand étonnement se peignait sur ses traits, mais aucune lueur de compréhension ne les éclairait. C'est seulement lorsque j'eus prononcé lentement, avec force, le nom de François-Joseph Ier qu'une grimace sauvage tordit ses traits l'espace d'une seconde — par un réflexe qui n'avait plus de correspondance dans son âme. Ce complexe aussi avait été depuis longtemps chassé de sa conscience. Comment aurait-il pu vivre avec une telle tension de haine, lui, reconstitué et cicatrisé avec tant de peine après la sanglante fusillade de Vera Cruz ? J'eus à lui réapprendre sa vie depuis le début. L'anamnèse était très faible, il me fallait avoir recours à ses réflexes émotionnels. Je lui inculquai les éléments de l'amour et de la haine. La nuit d'après, on put croire qu'il avait tout oublié. Plus doués que lui, ses camarades me venaient en aide en lui soufflant les réactions par lesquelles il devait me répondre. Ainsi son éducation avançait lentement. Il était très négligé, franchement dévasté intérieurement par ses gardiens, pourtant j'obtins enfin ce résultat qu'en entendant prononcer le nom de François-Joseph Ier il sortait son épée du fourreau. Il faillit même transpercer Victor-Emmanuel Ier qui ne s'était pas écarté à temps de son chemin.

Eh oui, l'idéal avait beaucoup plus vite enflammé le reste de ce sacré collège que le malheureux archiduc, qui suivait les autres à grand-peine. Leur enthousiasme n'avait pas de limite, j'étais obligé de le freiner de toutes mes forces. Impossible de juger jusqu'à quel point ils avaient compris la cause pour laquelle ils allaient combattre. Le fond, le contenu, n'était pas leur affaire. Prédestinés à brûler dans le feu d'un dogme, ils étaient enchantés d'avoir trouvé — grâce à moi — un mot pour lequel ils pourraient mourir au champ d'honneur, portés par le vent de l'extase. Je les tranquillisais par hypnose, je les entraînais progressivement, difficilement, à garder le secret. J'étais fier d'eux. Quel général eut jamais sous ses ordres un état-major aussi éblouissant, un corps d'officiers composé d'esprits aussi ardents, une garde formée d'invalides, certes, mais d'invalides combien géniaux !

Vint enfin la nuit orageuse, gonflée de tempête, bouleversée jusqu'au tréfonds par cette chose énorme qui se préparait dans son sein. Des éclairs déchiraient les ténèbres, la terre s'ouvrait, fendue jusqu'aux entrailles, montrait son intérieur aveuglant puis le refermait à nouveau. Le monde voguait au milieu de bruissements de parcs, de cortèges d'arbres, d'horizons tournoyants. Nous quittâmes le musée protégés par le voile de la nuit. Je marchais à la tête de la cohorte inspirée qui avançait au milieu de claudications, de vacillations, de détentes, de claquements de béquilles et de bois. Les éclairs glissaient sur les lames des épées dégainées. Nous atteignîmes ainsi, dans l'obscurité, la grille de la villa. Elle était ouverte. Inquiet, flairant une ruse, je donnai l'ordre d'allumer les torches. L'air s'empourpra, les oiseaux s'envolèrent, effrayés par la lueur des flammes fumantes. Nous vîmes la villa, ses terrasses et ses balcons comme éclairés par un incendie. Sur le toit flottait un drapeau blanc. Le cœur serré par un mauvais pressentiment, j'entrai dans la cour à la tête de mes braves. Sur le perron apparut le majordome. Tout en saluant, il descendait l'escalier monumental et approchait, pâle, hésitant, silhouette de plus en plus nette dans la lumière rouge. Je dirigeai vers sa poitrine la pointe de mon épée. Mes soldats fidèles restaient immobiles tenant haut les torches, dans le silence on entendait le crépitement des flammes penchées par le vent.

« Où est Monsieur de V. ? » demandai-je.

Le majordome fit des mains un geste vague.

« Il est parti, monsieur, dit-il.

— Nous verrons si c'est vrai. Et l'Infante, où est-elle ?

— Son Altesse elle aussi est partie, tout le monde est parti... »

Je n'avais pas de raison d'en douter. Quelqu'un

avait dû me trahir. Il n'y avait pas de temps à perdre.

« À cheval ! criai-je. Il faut leur couper la retraite ! »

Nous enfonçâmes la porte de l'écurie, l'obscurité exhala l'odeur chaude des bêtes. Un instant plus tard nous étions tous montés sur des coursiers hennissants, piaffants. Portée par leur galop, notre cavalcade s'étira dans la rue nocturne au bruit crépitant des sabots. « Par les bois, vers le fleuve », jetai-je derrière moi, et je tournai dans une percée. Autour de nous les profondeurs de la forêt se déchaînaient. Dans l'obscurité s'ouvraient des paysages de catastrophes et de déluges. Nous courions à bride abattue au milieu de bruits de cascades, entourés de masses d'arbres agités, et des lambeaux de flammes se détachaient derrière notre course. Un ouragan de pensées traversait mon esprit. Bianca avait-elle été enlevée ou la basse hérédité de son père avait-elle pris le dessus sur le noble sang de sa mère et la conscience d'une mission à remplir que j'avais en vain essayé de lui inculquer ? La percée de plus en plus étroite devenait un ravin au bout duquel s'ouvrait une grande clairière. Là nous les rejoignîmes enfin. Ils nous avaient aperçus de loin, les voitures s'arrêtèrent. Monsieur de V. descendit, croisa les mains sur sa poitrine. Il avançait vers nous, sombre, rouge dans la lueur des torches, ses lunettes brillaient. Les pointes de douze lames luisantes se dirigèrent contre lui. Nous approchions en demi-cercle étiré, les chevaux allaient au pas, je mis une main en visière. La lumière tomba sur l'une des voitures, je vis Bianca blottie au fond, pâle comme la mort, et à côté d'elle, Rodolphe. Il lui tenait la main qu'il pressait sur son cœur. Je me laissai lentement glisser à terre et me mis en marche vers eux d'un pas chancelant. Rodolphe se dressa comme s'il allait venir à ma rencontre.

Ayant atteint la voiture, je me tournai vers les cavaliers qui se tenaient prêts, la garde haute, et je dis : « Messieurs, je vous ai dérangés inutilement. Cette dame et ces messieurs sont libres et ils partiront sans être inquiétés. On ne touchera pas à un seul de leurs cheveux. Vous avez accompli votre devoir. Rengainez vos épées. Je ne sais jusqu'à quel point vous avez compris l'idéal au service duquel je vous avais attelés, je ne sais si vous en êtes réellement pénétrés, s'il coule dans vos veines. Cet idéal, comme vous le voyez, fait faillite, et ce sur toute la ligne. Je présume que vous subirez cet échec sans grand dommage, ayant déjà survécu à la faillite de votre propre idéal. Vous n'êtes plus destructibles. Quant à moi...

Mais peu importe ma personne. Simplement, je ne voudrais pas — ici je me tournai vers le couple dans la voiture — que vous croyiez m'avoir pris au dépourvu. Non. Je l'avais prévu depuis longtemps. Si j'ai apparemment persisté dans mon erreur pendant tout ce temps, c'est uniquement parce que je n'avais pas le droit de savoir ce qui était au-delà de ma compétence, je n'avais pas le droit d'anticiper sur les événements. J'avais voulu tenir au poste où le destin m'avait placé, j'avais voulu remplir jusqu'au bout mon programme, rester fidèle au rôle que j'avais usurpé. En effet, je l'avoue maintenant et je m'en repens : malgré tout ce que me soufflait mon orgueil, je n'étais qu'un usurpateur. Dans mon aveuglement, j'ai voulu expliquer les Écritures, j'ai voulu être l'interprète de la volonté divine ; guidé par une fausse inspiration, je saisissais à l'aveuglette des présomptions, des contours qui se faufilaient à travers les pages de l'album de timbres. Et je les ai réunis en une figure, hélas, gratuite. J'ai voulu imposer à ce printemps ma mise en scène, j'ai ajouté à son épanouissement qui n'a pas de limite mon propre programme, j'ai voulu plier le printemps à mes plans. Indifférent et patient, il m'a porté quelque temps, sentant à peine mon poids. J'avais cru deviner ses intentions profondes, j'ai voulu anticiper sur ce qu'il ne savait pas exprimer lui-même, abusé par sa propre richesse. Ma manie des grandeurs m'a poussé jusqu'à m'immiscer dans les affaires dynastiques des plus hautes puissances, je vous ai mobilisés, vous, Messieurs, contre le Démiurge, j'ai abusé de votre manque de résistance aux idées, de votre noble manque de sens critique, afin de vous inculquer une doctrine fausse et dangereuse pour le monde, afin de pousser votre idéalisme enthousiaste à des actes de folie. Je ne veux pas trancher la question de savoir si j'étais réellement appelé aux causes les plus hautes que convoitait mon orgueil. Sans doute n'ai-je été appelé que pour réaliser le début, puis j'ai été abandonné. J'ai outrepassé mes limites, mais cela aussi c'était prévu. Au fond, depuis le début je connaissais mon destin. Comme celui du malheureux Maximilien que voici, c'était le destin d'Abel. Pendant quelque temps, mon offrande a été agréable à Dieu, tandis que la fumée de la tienne rampait près du sol, Rodolphe. Mais il faut que Caïn soit toujours vainqueur. Ces jeux étaient faits d'avance. »

À ce moment, une détonation lointaine secoua l'air, une colonne de feu jaillit au-dessus de la forêt. Tous tournèrent la tête. « Ne vous inquiétez pas, dis-je, c'est le musée qui flambe. En le quittant, j'y avais laissé un tonneau de poudre avec une mèche allumée. Vous n'avez plus de toit, nobles sires, vous êtes sans abri. J'espère que cela ne vous trouble pas trop ? »

Mais ces personnages hors du commun, la crème de l'humanité, se taisaient clignant les yeux, désemparés et immobiles, en ordre de combat, éclairés par la lueur lointaine de l'incendie. Ils se regardèrent l'air de n'y rien comprendre, battant des paupières. « Vous, Sire, dis-je, m'adressant à l'archiduc, vous aviez tort. C'était peut-être, de votre part aussi, une manie des grandeurs. Je n'avais pas raison en voulant réformer le monde en votre nom. D'ailleurs ce n'était peut-être même pas votre intention. Le rouge est une couleur pareille aux autres, c'est seulement mises toutes ensemble que les couleurs produisent la lumière dans sa plénitude. Pardonnez-moi d'avoir utilisé abusivement votre nom à des fins qui vous étaient étrangères. Vive François-Joseph Ier ! »

L'archiduc tressaillit, porta la main à son épée, mais il se reprit bientôt, une rougeur plus vive colora ses joues grimées, les coins de sa bouche se relevèrent dans un sourire, ses yeux se mirent à rouler dans leurs orbites et, avec dignité et en cadence, il commença à faire le tour de l'assistance, passant de l'un à l'autre avec un sourire radieux. Ils s'écartèrent scandalisés. Cette récidive des habitudes impériales dans des circonstances aussi peu propices fit une impression déplorable.

« Arrêtez, Sire, dis-je. Je ne doute pas que vous connaissiez sur le bout du doigt l'étiquette de votre cour, mais nous n'en sommes plus là. J'aimerais vous lire, nobles seigneurs et vous, Infante, l'acte de mon abdication. J'abandonne sur toute la ligne. Je dissous le triumvirat. Je remets à Rodolphe les pouvoirs de régent. Et vous, nobles seigneurs — ici je me tournai vers mon état-major —, vous êtes libres. Vous étiez pleins des meilleures intentions et je vous en rends grâce au nom de l'idéal, de notre idéal détrôné — les larmes me montaient aux yeux — qui, malgré tout... »

À ce moment un coup de feu éclata tout près. Nous tournâmes tous notre regard de ce côté. Monsieur de V., le pistolet fumant dans la main, était là, debout, étrangement raide et comme allongé en biais. Une vilaine grimace lui tordait le visage. Tout d'un coup il chancela et s'écroula, la face contre le sol. « Père, père ! » cria Bianca en se précipitant sur le corps gisant à terre. Un moment de confusion s'ensuivit. Garibaldi, vieux combattant qui s'y connaissait en blessures, examina le malheureux. La balle avait transpercé le cœur. Le roi du Piémont et Mazzini prirent le corps sous les bras avec précaution et l'allongèrent sur un brancard. Bianca sanglotait soutenue par Rodolphe. Les Nègres qui, seulement alors, s'étaient groupés sous les arbres, entourèrent leur maître. « Massa, notre bon massa », gémissaient-ils en chœur.

« En vérité, cette nuit est fatale ! m'écriai-je. Ce ne sera pas la dernière tragédie de sa mémorable histoire. J'avoue pourtant que cela, je ne l'avais pas prévu. J'ai été injuste. Au fond, dans sa poitrine battait un noble cœur. Je rétracte mon jugement inique et partial sur lui. Je vois qu'il était un bon père et un bon maître pour ses esclaves. Là aussi ma conception fait faillite. Mais je l'abandonne sans regrets. Rodolphe, il t'appartient d'apaiser la douleur de Bianca, de l'aimer doublement, de lui remplacer son père. Vous voudrez sans doute l'embarquer avec vous, formons le cortège et allons au port. La sirène du navire vous appelle depuis longtemps. »

Bianca remonta en voiture, nous remontâmes en selle, les Nègres prirent le brancard sur leurs épaules et nous nous dirigeâmes vers le port. La cavalcade fermait le triste cortège. Pendant mon allocution la tempête s'était calmée, la lueur des flambeaux ouvrait des fentes profondes dans la forêt, des ombres noires, allongées, filaient à droite, à gauche et au-dessus de nos têtes, se refermant en un large demi-cercle derrière nous. Enfin nous sortîmes de la forêt. On voyait déjà le bateau à vapeur avec ses grandes roues.

Il ne me reste plus rien à ajouter, notre histoire approche de sa fin. Accompagné des sanglots de Bianca et des Nègres, le corps fut porté sur le pont. Une dernière fois, nous formâmes un rang sur le quai. « Une chose encore, Rodolphe, dis-je en le retenant par un bouton de son veston. Tu pars héritier d'une immense fortune. Je ne veux rien t'imposer, ce serait plutôt à moi d'assurer la vieillesse de ces héros de l'humanité restés sans abri ; hélas, je suis un va-nu-pieds. » Rodolphe s'empressa de sortir son chéquier. Nous nous consultâmes brièvement et arrivâmes vite à nous entendre.

« Messieurs ! m'écriai-je en me tournant vers ma garde, mon généreux ami que voici a décidé de réparer mon acte qui vous a privés de pain et de toit. Après ce qui s'est passé, aucun musée de figures de cire ne voudrait plus de vous, de surcroît la concurrence est forte. Il vous faudra abandonner quelques-unes de vos ambitions. En revanche, vous deviendrez des hommes libres et je suis sûr que vous saurez l'apprécier. Vu qu'on ne vous a appris aucun métier, hélas, puisque vous étiez prédestinés à la seule représentation, mon ami vous fait don d'une somme d'argent suffisante à l'achat de douze orgues de Barbarie de la Forêt-Noire. Vous parcourrez le pays en jouant pour le peuple. Vous avez le choix des airs. Inutile de le cacher : vous n'êtes pas de vrais Dreyfus, Edison ou Napoléon, vous ne l'avez été que faute de mieux, si je peux dire. Vous allez maintenant grossir le nombre de vos prédécesseurs, de ces Garibaldi, Bismarck et Mac-Mahon anonymes et oubliés qui sillonnent le monde. Au fond du cœur, vous le demeurerez à jamais. À présent, chers amis et nobles seigneurs, criez avec moi : Vive les jeunes mariés, Rodolphe et Bianca ! » « Vive ! » s'exclamèrent-ils en chœur. Les Nègres entonnèrent un song. Lorsqu'ils se furent tus, je les regroupai d'un geste de la main puis, prenant place au milieu, je sortis mon pistolet et m'écriai : « Adieu, messieurs, et de ce que vous allez voir dans un moment tirez cette conclusion et cet avis qu'il n'appartient à personne de déchiffrer les décrets du Très-Haut. Personne n'a jamais approfondi les desseins du printemps. *Ignorabimus*, messieurs, *ignorabimus* ! »

Je levai le canon à ma tempe et tirai, mais au même moment je reçus un coup sec sur le poignet. Un officier de gendarmerie se tenait à mes côtés, des papiers à la main.

« Vous êtes bien Joseph N. ? me demanda-t-il.

— Oui, répondis-je étonné.

— Avez-vous fait, il y a quelque temps, le rêve type de Joseph de la Bible ?

— Peut-être...

— C'est bien cela, fit l'officier consultant ses papiers. Savez-vous que votre rêve a été repéré en haut lieu et sévèrement condamné ?

— Je ne réponds pas de mes rêves.

— Si. Au nom de Sa Majesté Royale et Impériale, je vous arrête ! »

Je souris.

« Qu'il est donc lent, l'appareil de la justice. La bureaucratie de Sa Majesté Royale et Impériale est quelque peu indolente. J'ai depuis longtemps distancé ce rêve de jeunesse par des actes autrement plus graves, j'allais me faire justice et voici que ce rêve ancien me sauve la vie. Je suis à votre disposition. »

Je vis approcher une colonne de gendarmes. Je tendis les mains pour qu'on me mît les fers. Pour la dernière fois, je tournai le regard. Pour la dernière fois je vis Bianca. Debout sur le pont, elle agitait un mouchoir. La garde des invalides saluait en silence.

DÉCOUVREZ LES FOLIO 2 €

Parutions de janvier 2006

ANONYME *Conte de Ma'rûf le savetier*

Un conte poétique et féerique de la belle Shahrâzâd, une histoire très vivante, pleine de drôlerie et d'invention dans un Orient magique.

R. DEPESTRE *L'œillet ensorcelé et autres nouvelles*

De conquêtes amoureuses en aventures érotiques, Depestre nous entraîne avec jubilation dans son univers coloré et libertin.

H. JAMES *Le menteur*

Un court chef-d'œuvre sur l'obsession de l'imposture et une vibrante histoire d'amour.

JI YUN *Des nouvelles de l'au-delà*

Ce petit recueil diabolique semble émaner directement de l'au-delà et se lit avec délectation.

J. LONDON *La piste des soleils et autres nouvelles*

Dans les plaines glacées d'Alaska, sur les traces des chercheurs d'or, l'auteur de *L'appel de la forêt* nous fait pénétrer dans un univers d'hommes rudes et solitaires.

J.-B. POUY *La mauvaise graine et autres nouvelles*

Des histoires étonnantes pour pénétrer dans l'univers très particulier d'un écrivain inclassable.

M. PROUST *L'affaire Lemoine*

Quand l'auteur d'*À la recherche du temps perdu* s'amuse à pasticher d'autres écrivains pour le plus grand bonheur du lecteur…

QIAN ZHONGSHU *Pensée fidèle* suivi de *Inspiration*

Deux nouvelles, d'un humour fin et sarcastique, qui nous plongent au cœur de la littérature chinoise contemporaine et témoignent de l'originalité de l'écriture de Qian Zhongshu.

SAINT AUGUSTIN *La Création du monde et le Temps* suivi de *Le Ciel et la Terre*

Des questions essentielles que nous nous posons tous un jour et auxquelles saint Augustin tente de répondre avec une foi profonde alliée à un grand bon sens.

B. SCHULZ *Le printemps*

Écrivain secret, Bruno Schulz nous entraîne dans son univers onirique et étrange transcendé par une langue poétique à la fois riche et exceptionnelle.

Dans la même collection

R. AKUTAGAWA	*Rashômon et autres contes* (Folio n° 3931)
M. AMIS	*L'état de l'Angleterre* précédé de *Nouvelle carrière* (Folio n° 3865)
H. C. ANDERSEN	*L'elfe de la rose et autres contes du jardin* (Folio n° 4192)
ANONYME	*Le poisson de jade et l'épingle au phénix* (Folio n° 3961)
ANONYME	*Saga de Gísli Súrsson* (Folio n° 4098)
G. APOLLINAIRE	*Les Exploits d'un jeune don Juan* (Folio n° 3757)
ARAGON	*Le collaborateur et autres nouvelles* (Folio n° 3618)
I. ASIMOV	*Mortelle est la nuit* précédé de *Chantecloche* (Folio n° 4039)
H. DE BALZAC	*L'Auberge rouge* (Folio n° 4106)
T. BENACQUISTA	*La boîte noire et autres nouvelles* (Folio n° 3619)
K. BLIXEN	*L'éternelle histoire* (Folio n° 3692)
M. BOULGAKOV	*Endiablade* (Folio n° 3962)
R. BRADBURY	*Meurtres en douceur et autres nouvelles* (Folio n° 4143)
L. BROWN	*92 jours* (Folio n° 3866)

S. BRUSSOLO — *Trajets et itinéraires de l'oubli* (Folio n° 3786)

J. M. CAIN — *Faux en écritures* (Folio n° 3787)

A. CAMUS — *Jonas ou l'artiste au travail* suivi de *La pierre qui pousse* (Folio n° 3788)

T. CAPOTE — *Cercueils sur mesure* (Folio n° 3621)

T. CAPOTE — *Monsieur Maléfique et autres nouvelles* (Folio n° 4099)

A. CARPENTIER — *Les Élus et autres nouvelles* (Folio n° 3963)

C. CASTANEDA — *Stopper-le-monde* (Folio n° 4144)

M. DE CERVANTÈS — *La petite gitane* (Folio n° 4273)

R. CHANDLER — *Un mordu* (Folio n° 3926)

G.K. CHESTERTON — *Trois enquêtes du Père Brown* (Folio n° 4275)

E. M. CIORAN — *Ébauches de vertige* (Folio n° 4100)

COLLECTIF — *Au bonheur de lire* (Folio n° 4040)

COLLECTIF — *« Dansons autour du chaudron » Les sorcières de la littérature* (Folio n° 4274)

COLLECTIF — *Des mots à la bouche* (Folio n° 3927)

COLLECTIF — *« Il pleut des étoiles »* (Folio n° 3864)

COLLECTIF — *« Leurs yeux se rencontrèrent... »* (Folio n° 3785)

COLLECTIF — *« Ma chère Maman... »* (Folio n° 3701)

COLLECTIF — *« Mourir pour toi »* (Folio n° 4191)

COLLECTIF — *« Parce que c'était lui ; parce que c'était moi »* (Folio n° 4097)

COLLECTIF — *Un ange passe* (Folio n° 3964)

CONFUCIUS — *Les Entretiens* (Folio n° 4145)

J. CONRAD — *Jeunesse* (Folio n° 3743)

J. CORTÁZAR — *L'homme à l'affût* (Folio n° 3693)

D. DAENINCKX — *Ceinture rouge* précédé de *Corvée de bois* (Folio n° 4146)

D. DAENINCKX — *Leurre de vérité et autres nouvelles* (Folio n° 3632)

R. DAHL — *L'invité* (Folio n° 3694)

R. DAHL — *Gelée royale* précédé de *William et Mary* (Folio n° 4041)

S. DALI — *Les moustaches radar (1955-1960)* (Folio n° 4101)

M. DÉON — *Une affiche bleue et blanche et autres nouvelles* (Folio n° 3754)

D. DIDEROT — *Lettre sur les aveugles à l'usage de ceux qui voient* (Folio n° 4042)

R. DUBILLARD — *Confession d'un fumeur de tabac français* (Folio n° 3965)

S. ENDO — *Le dernier souper et autres nouvelles* (Folio n° 3867)

ÉPICTÈTE — *De la liberté* précédé de *De la profession de Cynique* (Folio n° 4193)

W. FAULKNER — *Le Caïd et autres nouvelles* (Folio n° 4147)

W. FAULKNER — *Une rose pour Emily et autres nouvelles* (Folio n° 3758)

F. S. FITZGERALD — *La Sorcière rousse* précédé de *La coupe de cristal taillé* (Folio n° 3622)

F.S. FITZGERALD — *Une vie parfaite* suivi de *L'accordeur* (Folio n° 4276)

C. FUENTES — *Apollon et les putains* (Folio n° 3928)

GANDHI — *La voie de la non-violence* (Folio n° 4148)

R. GARY — *Une page d'histoire et autres nouvelles* (Folio n° 3753)

J. GIONO — *Arcadie... Arcadie...* précédé de *La pierre* (Folio n° 3623)

J. GIONO — *Prélude de Pan et autres nouvelles* (Folio n° 4277)

W. GOMBROWICZ	*Le festin chez la comtesse Fritouille* et *autres nouvelles* (Folio n° 3789)
H. GUIBERT	*La chair fraîche et autres textes* (Folio n° 3755)
E. HEMINGWAY	*L'étrange contrée* (Folio n° 3790)
E. HEMINGWAY	*Histoire naturelle des morts et autres nouvelles* (Folio n° 4194)
C. HIMES	*Le fantôme de Rufus Jones et autres nouvelles* (Folio n° 4102)
E. T. A. HOFFMANN	*Le Vase d'or* (Folio n° 3791)
P. ISTRATI	*Mes départs* (Folio n° 4195)
H. JAMES	*Daisy Miller* (Folio n° 3624)
T. JONQUET	*La folle aventure des Bleus...* suivi de *DRH* (Folio n° 3966)
F. KAFKA	*Lettre au père* (Folio n° 3625)
J. KEROUAC	*Le vagabond américain en voie de disparition* précédé de *Grand voyage en Europe* (Folio n° 3694)
J. KESSEL	*Makhno et sa juive* (Folio n° 3626)
R. KIPLING	*La marque de la Bête et autres nouvelles* (Folio n° 3753)
LAO SHE	*Histoire de ma vie* (Folio n° 3627)
LAO-TSEU	*Tao-tö king* (Folio n° 3696)
J. M. G. LE CLÉZIO	*Peuple du ciel* suivi de *Les bergers* (Folio n° 3792)
H. P. LOVECRAFT	*La peur qui rôde et autres nouvelles* (Folio n° 4194)
P. MAGNAN	*L'arbre* (Folio n° 3697)
K. MANSFIELD	*Mariage à la mode* précédé de *La Baie* (Folio n° 4278)
G. DE MAUPASSANT	*Le Verrou et autres contes grivois* (Folio n° 4149)
I. McEWAN	*Psychopolis et autres nouvelles* (Folio n° 3628)

P. MICHON	*Vie du père Foucault – Vie de Georges Bandy* (Folio n° 4279)
H. MILLER	*Plongée dans la vie nocturne...* précédé de *La boutique du Tailleur* (Folio n° 3929)
S. MINOT	*Une vie passionnante et autres nouvelles* (Folio n° 3967)
Y. MISHIMA	*Dojoji et autres nouvelles* (Folio n° 3629)
Y. MISHIMA	*Martyre* précédé de *Ken* (Folio n° 4043)
M. DE MONTAIGNE	*De la vanité* (Folio n° 3793)
E. MORANTE	*Donna Amalia et autres nouvelles* (Folio n° 4044)
V. NABOKOV	*Un coup d'aile* suivi de *La Vénitienne* (Folio n° 3930)
P. NERUDA	*La solitude lumineuse* (Folio n° 4103)
F. O'CONNOR	*Un heureux événement* suivi de *La Personne Déplacée* (Folio n° 4280)
K. OÉ	*Gibier d'élevage* (Folio n° 3752)
L. OULITSKAÏA	*La maison de Lialia et autres nouvelles* (Folio n° 4045)
C. PAVESE	*Terre d'exil et autres nouvelles* (Folio n° 3868)
C. PELLETIER	*Intimités et autres nouvelles* (Folio n° 4281)
L. PIRANDELLO	*Première nuit et autres nouvelles* (Folio n° 3794)
E. A. POE	*Aventure sans pareille d'un certain Hans Pfaall* (Folio n° 3862)
R. RENDELL	*L'Arbousier* (Folio n° 3620)
P. ROTH	*L'habit ne fait pas le moine* précédé de *Défenseur de la foi* (Folio n° 3630)
D. A. F. DE SADE	*Ernestine. Nouvelle suédoise* (Folio n° 3698)

D. A. F. DE SADE	*La Philosophie dans le boudoir* (Les quatre premiers dialogues) (Folio n° 4150)
A. DE SAINT-EXUPÉRY	*Lettre à un otage* (Folio n° 4104)
J.-P. SARTRE	*L'enfance d'un chef* (Folio n° 3932)
B. SCHLINK	*La circoncision* (Folio n° 3869)
L. SCIASCIA	*Mort de l'Inquisiteur* (Folio n° 3631)
SÉNÈQUE	*De la constance du sage* suivi de *De la tranquillité de l'âme* (Folio n° 3933)
G. SIMENON	*L'énigme de la* Marie-Galante (Folio n° 3863)
D. SIMMONS	*Les Fosses d'Iverson* (Folio n° 3968)
J. B. SINGER	*La destruction de Kreshev* (Folio n° 3871)
P. SOLLERS	*Liberté du XVIIIème* (Folio n° 3756)
STENDHAL	*Féder ou Le Mari d'argent* (Folio n° 4197)
R. L. STEVENSON	*Le Club du suicide* (Folio n° 3934)
I. SVEVO	*L'assassinat de la Via Belpoggio et autres nouvelles* (Folio n° 4151)
R. TAGORE	*La petite mariée* suivi de *Nuage et soleil* (Folio n° 4046)
J. TANIZAKI	*Le coupeur de roseaux* (Folio n° 3969)
J. TANIZAKI	*Le meurtre d'O-Tsuya* (Folio n° 4195)
A. TCHEKHOV	*Une banale histoire* (Folio n° 4105)
L. TOLSTOÏ	*Le réveillon du jeune tsar et autres contes* (Folio n° 4199)
I. TOURGUÉNIEV	*Clara Militch* (Folio n° 4047)
M. TOURNIER	*Lieux dits* (Folio n° 3699)
M. VARGAS LLOSA	*Les chiots* (Folio n° 3760)
P. VERLAINE	*Chansons pour elle et autres poèmes érotiques* (Folio n° 3700)
L. DE VINCI	*Prophéties* précédé de *Philosophie et Aphorismes* (Folio n° 4282)

VOLTAIRE	*Traité sur la Tolérance* (Folio n° 3870)
H. G. WELLS	*Un rêve d'Armageddon* précédé de *La porte dans le mur* (Folio n° 4048)
E. WHARTON	*Les lettres* (Folio n° 3935)
O. WILDE	*La Ballade de la geôle de Reading* précédé de *Poèmes* (Folio n° 4200)
R. WRIGHT	*L'homme qui vivait sous terre* (Folio n° 3970)

Composition Bussière
Impression Novoprint
à Barcelone, le 10 décembre 2005.
Dépôt légal : décembre 2005.
ISBN 2-07-032041-7./Imprimé en Espagne.

139913